Masques et bergamasques

J'ai toujours été un rêveur et même un grand rêveur. Ce trait de caractère m'a valu quelques ennuis. En classe, les enseignants me soupçonnaient de ne pas les écouter et ils en tiraient la conclusion rapide que mes copies devaient être médiocres. Mes parents me confiaient la garde d'un troupeau de vaches. L'une d'entre elles se montra assez perspicace pour tirer parti de ma distraction et s'enfuit. Il me fallut la rechercher tandis que l'obscurité recouvrait les champs. Par bonheur, elle était pourvue de clochettes, ce qui facilita les retrouvailles. Il y eut pire quand à l'armée l'adjudant-chef me chargea d'un message vital pour l'honneur du bataillon. J'avais omis de le faire parce que je pensais à bien d'autres choses.

Ce pouvoir de m'enfuir ailleurs que dans l'instant présent m'aida en revanche à vivre, à supporter les désagréments passagers de l'existence. Les soirées passées dans mon étude auraient été longues si je n'avais pas inventé de belles balades à vélo. Au XIe BCA, le trou (le cachot aurait été un bien grand mot) m'aurait mis à mal si je n'avais pas usé de ce temps pris sur l'ordinaire pour vagabonder parmi les civils disparus. Je n'en avais pas fini avec mon scénario quand un caporal-chef m'ouvrit les portes de la prison. Je fus tenté de lui dire : « Accordez-moi quelques heures supplémentaires, je n'en ai pas fini avec mon histoire. » Je le savais peu sensible à l'humour. Je m'abstins d'oser cette plaisanterie déplacée.

A vrai dire, beaucoup des histoires que je relate dans cet ouvrage, je les ai vécues. J'avais choisi des études et un métier qui me laissaient libre de mes mouvements. Il me semblait que chercher à séduire était plus prenant et plus inventif qu'assister à une rencontre sportive ou que débattre de lieux communs. A chacune de mes tentatives, je me présentais en première ligne. Je jouai un peu de mon honneur, de l'idée que je me faisais de moi-même, tandis que les autres, par facilité, se réfugiaient dans des zones impersonnelles où il ne leur était pas requis de s'exposer et peut-être de perdre la face. Il est donc vrai que j'ai choisi quelques jardins publics pour entreprendre, avec délicatesse, de jeunes et charmantes personnes – que j'ai parcouru les rues de la capitale, me livrant à une drague désespérée dont j'attendais l'échec et l'amertume de m'être égaré dans une immense ville. Il est vrai que je me suis indigné de la faveur dont certains crétins et imbéciles bénéficiaient auprès de leurs camarades et que j'ai cru de mon devoir de leur laisser entendre qu'elles se trompaient dans leurs préférences. Il est vrai aussi, hélas, qu'un mari peu complaisant m'asséna des coups à la mesure de sa jalousie.

Quant au reste, c'est encore moi qui l'ai vécu d'une certaine manière. Quelle que soit l'aventure évoquée, elle me ressemble et elle me dévoile dans ma vérité. Peu importe que je n'aie jamais été un agent d'assurances ou que j'aie recherché une belle à Sainte-Foy-la-Grande et non à Miramont-de-Guyenne (les lecteurs peu avertis en géographie les confondront). Ce ne sont là que des oripeaux que l'on peut revêtir selon l'humeur. Sous le déguisement apparaît sans mal mon visage, ma façon de m'approcher des autres, de les taquiner, de les inviter à un voyage extravagant, hors de l'ordinaire.

Malheur à celui qui sépare avec trop de rigueur le réel de l'imaginaire ! Nous avons à forcer les portes du second (Gérard de Nerval sut entrouvrir les portes, d'ébène, du surnaturel) et ainsi à découvrir des continents étranges, pleins d'allégresse, plus rarement menaçants.

De tels souvenirs, de telles rêveries m'ont conduit à réfléchir sur le plaisir de plaire dont on peut parler en termes abstraits, selon une réflexion ordonnée. Mais c'est alors perdre en route les couleurs, les élans, les émois, les ambiguïtés, les péripéties qu'un récit est à même de reproduire. Une approche purement analytique m'apparaît fort peu séduisante dans la mesure où précisément on réfléchit sur la séduction.

Les voies de la séduction sont multiples. J'ai voulu rendre justice à certaines d'entre elles, explorer la dé-séduction comme on parle du désamour. Ainsi, après un deuil, on peut répudier un monde qui s'est montré cruel. Sur un mode mineur, les règles du jeu ont changé et on ne prend pas la peine de s'y plier. On croyait ainsi mieux connaître l'autre, augmenter notre connaissance de la condition humaine et cet espoir s'est révélé vain. Je cherchais l'aventure pour la vivre en commun avec un ami et pour revisiter la ville : l'ami a disparu (il s'est casé) et la ville ne me parle plus comme avant. Il m'apparut plus gratifiant d'écrire que de vivre – j'ai accepté de m'exposer en aimant et j'ai désormais refusé une vie de séducteur où l'on s'abrite derrière des masques. Le monde tout entier avec ses visages, ses plantes, ses étoiles m'est apparu aimable et je n'ai plus perçu pour quelles raisons poser mon regard seulement sur quelques êtres.

J'ai eu le choix pour renoncer entre une fidélité retrouvée à Blaise Pascal et les attraits d'une vie pépère. Quel éventail ! Mais il y a encore bien d'autres formes de renoncement dont j'ai fait état dans ce livre.

Après bien des détours, je crois avoir reconquis une certaine forme de sagesse.

Être tout simplement quelqu'un de bien et c'est déjà beaucoup. Ne pas chercher l'exploit, l'exceptionnel, le grandiose, devenir une personne sur laquelle on peut compter.

Devenir un dispensateur de sourires, se montrer disposé à l'égard de ceux que l'on rencontre et l'on peut espérer qu'à leur tour ils manifesteront de la bienveillance et que le paysage environnant s'en trouvera éclairé.

Faire preuve de tendresse. Elle n'est pas de la fadeur, de la mollesse. Elle nous demande de nous laisser affecter par l'autre et de nous approcher de lui sans jamais chercher à lui nuire. Je vous propose le parcours d'une existence vagabonde, sensible et au fond chanceuse : de la répudiation au consentement ou plutôt à l'accueil.

La répudiation

Je suis allé si loin que j'ai de la difficulté à en revenir. J'ai cru qu'il me suffirait d'accomplir un travail de deuil qui, comme toute espèce de travail, nécessite de la patience mais trouve un jour ou l'autre son aboutissement. Je ne progressais pas dans mon labeur. Je ne m'en inquiétais point et même ce pas à pas me rassurait – à la différence de ceux qui l'exécutent en quelques jours, voire en quelques mois. Ils ne se préoccupent guère d'un cercueil qu'ils ont vidé de son occupant. Mon peu d'empressement à réaliser ma tâche irritait mes proches : je ne « m'appliquais pas assez » et me rendais de quelque façon suspect. N'étais-je pas devenu un inconsolable ? Une étrange maladie dont on ne guérit pas et dans laquelle on se complaît. Je dérangeais car j'écoutais d'une oreille distraite leurs babillages. Je ne battais pas des deux mains à l'annonce d'un nouveau chef-d'œuvre du cinéma français. Je ne m'indignais pas à la découverte d'un nouveau scandale politique. Et si le soleil tardait à se manifester, c'est que je l'offensais de mon air chagrin.

De mon côté, j'en voulais aux trop vite consolés de leur acharnement, de leur béatitude à vivre alors qu'un être qu'ils prétendaient avoir aimé leur avait été ravi par la mort. Cette mère de famille, privée pour toujours d'un adolescent d'une quinzaine d'années, hésitait sur la couleur d'une robe printanière qui la tentait. Il y avait plus scandaleux. Cet ami avait épousé *in extremis* sa compagne avant qu'elle disparaisse d'un cancer – ce qui lui avait permis de rafler une partie de ses biens. Dès la semaine suivante, j'avais coché sur notre journal gratuit une annonce qu'il avait fait rédiger : « La cinquantaine, veuf, cultivé, 1,74 m. »

Leur légèreté s'expliquait de la manière suivante. Ils entendaient ne pas être tenus à l'écart de la sacrosainte euphorie perpétuelle hors de laquelle il n'y avait pas de salut. Ils redoutaient de perdre quelques mois d'entente affective, sexuelle, de bavardages partagés. Ils rataient donc l'occasion de revenir à eux-mêmes, à la solitude, aux abîmes infinis de la solitude. Ces mêmes gens avaient le culot de raconter que la mort leur avait dérobé l'unique, l'irremplaçable amour de leur vie et déjà ils tentaient de le remplacer par un autre amour, unique, irremplaçable. Si l'existence ne pouvait s'accomplir qu'au prix de telles trahisons, si nous étions les uns et les autres des individus jetables, recyclables, si la réussite d'une destinée se mesurait au nombre de nos amitiés et de nos amours, la vie ne méritait pas notre considération.

On aurait pu me concevoir comme un nouveau Don Quichotte. Je ne défendais pas la veuve et l'orphelin contre un éventuel soudard, mais contre eux-mêmes, contre la tentation de se trahir et de s'absenter du rôle que le destin leur avait assigné.

Dès lors, j'ai éprouvé de la haine pour leurs mamours, leurs bisous, leurs joyeux anniversaires, leurs chamailleries suivies de réconciliations, leurs promenades main dans la main à l'intérieur du jardin du Luxembourg ou le long de l'océan, leurs « viens près de moi t'asseoir », « le petit pleure, viens voir s'il a besoin de nous, Chéri », « veux-tu que je te prépare pour samedi, Chéri, un bon gratin dauphinois ? ».

Une telle hargne m'était bénéfique. Cette lutte incessante me détournait en fait de mon chagrin et de l'absence de l'être aimé. J'ai cessé de me quereller avec mes contemporains et je suis revenu à ma peine. Certains veufs ou veuves de mon espèce se consolent en revivant leurs moments de bonheur, leurs escapades hors de la vie ordinaire. Ils se laissent à nouveau éclabousser par des ondes bienfaisantes. Grâce à la mémoire, ils avancent main dans la main vers le large, se retournant une dernière fois avant de nous fausser pour toujours compagnie, à moins qu'ils ne composent à leur propre intention un roman interminable.

Je pourrais également tirer à moi des pans du passé, leur redonner couleur, me donner l'illusion que l'irréparable se répare, récuser la terrible réalité. Mon imagination, ma mémoire sont assez vives pour y pourvoir. Je ne me livre pas à cette activité réparatrice pour des raisons obscures. Sans doute parce que mon état est plus grave : je suis allé plus loin que les autres et il m'est devenu impossible de parcourir le chemin qui me ramènerait parmi vous ; sans doute, parce qu'il y va de mon honneur.

Je compare ma condition à celle d'autres hommes. A la suite d'une guerre cruelle, d'une boucherie innommable, d'anciens soldats, sur une avenue pimpante, la

Cinquième Avenue de New York ou les grands boulevards parisiens, titubent encore au milieu d'un paysage brûlé par le napalm et ils croient n'appréhender que des corps estropiés, des visages défigurés. Un autre individu a pris racine dans une tribu préservée de notre hargne : tout ce que nous subissons sans peine, tout ce à quoi nous adhérons, nos bousculades, nos injustices le blessent et mettent sa chair à vif – cet homme est sorti de prison après avoir expié une longue peine. Il ne sait plus comment ouvrir une porte, remplir une fiche d'hôtel, obtenir dans la rue un renseignement. Un autre a rencontré Dieu, reconnu son infinie bonté et son infinie puissance. Il demeure interdit à la vue de ses pitoyables créatures et il a de la peine de constater que ce sont bien là ses créatures. Néanmoins Dieu lui suffit et il demeure insensible aux appels du monde.

Il y a bien plus étrange. Il a été permis à cette personne de quitter pendant quelques jours le royaume des ombres comme les anciens nommaient notre audelà ou plutôt notre en deçà. La lumière crue lui est insupportable et que les corps aient de l'épaisseur. Il ne se souvient pas avoir vécu autrefois sur cette terre. Ébloui, ahuri, il demeure sur le seuil et retourne vers ses compagnons de la nuit.

Je bavarde, je bavarde mais pouvez-vous m'entendre ! Je ne mets pas en doute la qualité de vos amours, s'ils reposent sur un respect mutuel, des goûts communs, des instants d'allégresse, des éveils pimpants et de longues soirées, mais sans doute, et peut-être est-ce une chance pour vous, n'avez-vous jamais approché à pas de colombe l'existence étrange et mystérieuse d'un autre être qui vous aurait laissés démunis quand vous seriez entrés à nouveau dans la ronde ordinaire des jours et des saisons.

Pour ma part, c'est davantage qu'un renoncement : une répudiation.

Surprendre une passion à sa naissance, à son déclin

Les passions beaucoup plus que la séduction me saisissent par leur mystère. Comment naissent-elles ? Comment meurent-elles ? J'étais attentif aux mouvements imperceptibles dont elles se jouent pour se déclarer ou s'évanouir. Le coup de foudre trop entier, trop brutal me paraît suspect. Il ne restitue pas fidèlement l'idée d'un ébranlement qui peu à peu s'instaure et s'installe, annoncé par de petits signes auxquels nous n'avons pas été attentifs. Après coup, il devient trop facile d'en prévoir les déterminants. Nous négligeâmes une venue feutrée qui en constitua le charme. Si je comparais un tel événement à celui du printemps, ce ne serait pas au nom d'une idéologie juvénile, fade et convenue, mais parce qu'il s'annonce par des bruissements timides, par un après-midi un peu languissant, par une soirée où l'on pourrait dîner dehors. Puis l'hiver revient en fanfare, à coup de pluie glaciale, de giboulée de neige et nous l'apercevrons quand il est déjà sur sa fin.

Je rêvais d'une passion du même ordre. Nous avons aimé, nous avons été aimés et nous en prenons conscience lorsque notre entente n'a plus cours.

Une passion, à mon sens, ne disparaît pas à la suite d'une mort subite. Elle décline somptueusement à la manière d'un soleil couchant sur un vaste océan. Quand un amant abandonné hurle de désespoir, de rage comme une bête, quand il souffre atrocement comme un animal pris à un piège mortel, je lui en veux de déconsidérer ainsi la passion. S'il lui avait porté la considération qu'elle mérite, il l'aurait accompagnée jusqu'à sa dernière heure. Il lui aurait fait cortège lentement, mélancoliquement. Il aurait composé en son honneur des chants graves et tristes. Une passion se doit de mourir en beauté, d'être encore plus belle que lorsqu'elle était éclatante de jeunesse. Elle s'éloigne de nous sans presser le pas, elle prend soin de ne rien briser d'un coup d'éventail, aussi inexplicable, énigmatique que lors de sa naissance, muette, à peine souriante et non point criarde ou trop éloquente.

J'abandonne les jeux futiles de la séduction, je reviens si je puis dire à mes premières amours. Mais trouverais-je des êtres disposés à éprouver une passion qui naîtra d'une certaine conjonction des astres, des plantes, des fleuves et de quelques cités immenses ?

La fin d'une drague désespérée

J'aurais pu plaire convenablement comme la plupart de mes amis – en faisant fructifier les occasions qui se présentaient à moi. Dans un lycée, puis à l'université, mes camarades de classe, les sœurs de mes amis, les amies de mes amis – car elles s'attachaient successivement aux uns puis aux autres. J'aurais pu mettre mes espérances dans les rencontres d'un bal, d'une fête de village, d'un mariage, pourquoi pas d'un enterrement ? Tout cela me paraissait peu romanesque et convenu. Je voulais ménager une part de risque sans laquelle la séduction se réduisait à rien. La grandeur de l'aventure se mesurait à celle du danger encouru.

Lorsque j'arpentais les avenues de la ville et que j'hésitais à aborder une jeune femme, je vivais dans les affres d'un refus. J'en éprouvais une certaine forme de jouissance, tandis que je me demandais interminablement si et quand j'oserais, et dès les premiers mots que j'articulais, s'ouvraient à mes pieds les gouffres du dédain ou de la stupeur. Je me précipitais sans ménagement, à la manière d'un boxeur qui n'a d'autres moyens d'en finir avec sa peur que de foncer sur les poings de son adversaire. Au moment de me risquer à m'exposer, j'éprouvais les mêmes sentiments que Julien Sorel hésitant à prendre la main de Madame de

Rênal : la malédiction si j'essuyais un mépris ; le comble du bonheur si l'on acceptait de faire un bout de chemin avec moi.

Au fil des heures et des rues, mes traits se creusaient. Je prenais un air hagard. On m'aurait dit mort de peur, mort de faim, mort de tendresse. J'aurais désiré régler son compte à cette ville hostile qui ne voulait pas de moi ; mais si elle ne s'était pas refusée aussi cruellement, la relation que j'entretenais avec elle aurait été moins aiguë. Et au fond, je la savais du même bord que moi, aussi abandonnée, aussi disgraciée, aussi en manque d'amour que moi. J'étais tout aussi attentif à ses avenues, à ses murs, à ses cieux qu'à la passagère inconnue.

Après une promenade blanche de quelques heures, je m'effondrais de fatigue sur mon lit. Le désespoir qui m'étreignait avait quelque chose de sublime, situé au-dessus de nos petits bonheurs ordinaires et au fond j'éprouvais de la joie à être ainsi foudroyé, rejeté.

⁂

Ai-je seulement cherché à séduire ? Je me conduisais en fait comme un esthète et je ne cherchais pas à entreprendre véritablement telle ou telle personne rencontrée ou suivie. Si je m'étais approché d'elle et si elle m'avait souri de bon cœur, l'intérêt que je lui portais se serait évanoui. Elle me charmait parce qu'elle était en mouvement, concernée par le monde, par la rue, par d'autres passants et néanmoins, conservant ses distances. Je la percevais libre dans ses mouvements, ses gestes, une marche, une démarche, comme en ont les danseurs ou les êtres seulement préoccupés d'eux-mêmes et de figures exécutées à merveille là où les circonstances les ont placées. Si elle avait consenti, et cela m'est arrivé, à répondre à mon invite, elle aurait perdu son allure dégagée, devenue un être de chair avec ses plis, ses sourcils, les embarras de la vie quotidienne, devenue semblable à toutes celles que je fréquentais chez des amis ou au travail, en position arrêtée même si elles s'agitaient. En effet, les malheureuses ne mettaient pas en scène l'espace, elles se démenaient, elles vaquaient fébrilement à leurs tâches. Ces considérations avaient-elles un sens ou ne permettaient-elles pas plutôt de battre retraite, de ne pas m'exposer ? Et pourtant mon cœur battait à la pensée que je devais prendre l'initiative et sans doute risquer un refus. Si la personne s'offusquait de mon initiative, je ressentais de la honte, sachant bien que c'était cela même, sa mine outragée, que je recherchais.

D'autres camarades se plaisaient à aborder une inconnue. Ils le faisaient en toute innocence et sans tous ces embarras. Cette absence de scrupule aidait à leur réussite. Le naturel de leur conduite rassurait la passante. C'était ainsi. Il n'y avait pas de quoi en faire un drame ni même de paraître offusquée, outragée, mais du coup une occupation menée de telle sorte à la manière d'un passe-temps ne présentait aucun intérêt à mes yeux.

Il m'arrivait de perdre de vue mon engagement. J'avais cru me livrer à une aventure pathétique dans laquelle j'engageais mon honneur, et mon esprit vagabondait comme délivré de toute attache, un oiseau qui sautille de branche en branche ou plutôt tel un vieil érudit qui colle bout à bout des fragments épars surgis de sa mémoire et de sa perception présente. Ainsi une passante éphémère et, dans mon souvenir, une gamine qui avait été ma voisine en terminale, le porche retiré d'un immeuble et un crime qui, dans un roman de Simenon, avait commencé par la découverte d'un mort au fond d'une arrière-cour, un réverbère et l'image de Gérard de Nerval, une brume un peu plus épaisse et les exploits de Jack l'éventreur. A la vérité, ces instants de délivrance poétique furent assez rares. Prévalait mon désir d'être reconnu en dehors de mes cercles familiers ; d'inaugurer une relation qu'aucun signe ne laissait présager.

J'ai perdu Paris et ce n'est pas peu de chose, car c'est bien cette ville et non point une présence amicale que je recherchais au prix d'innombrables fatigues. Une ville ne se livre qu'à celui qui la parcourt interminablement. Un être peut s'épanouir en se tenant auprès de vous. Le Paris dont j'ai aujourd'hui la nostalgie n'est pas celui des beaux jours revenus et de ses rues qui sentaient le muguet et de ses soirées qui sentaient l'amour. C'est un Paris sombre, extrêmement sombre. Celui d'un novembre maussade. Les habitants se terrent. Les avenues immenses paraissent désertes et les rues modestes se recroquevillent sur elles-mêmes. Il fait un froid à ne pas mettre un chien dehors. Les monuments se dissipent dans leur inconvenance, pas du tout fiers d'avoir survécu à tant de siècles. Je m'avance suppliant. J'éprouve la joie d'agoniser en même temps que cette ville. Un destin m'a été assigné. Je ne dois pas lui fausser compagnie quoi qu'il m'arrive, avoir assez de confiance en elle et en moi pour espérer en réchapper. Quelques jours plus tard, revenu à plus de clémence, j'aurai le sentiment d'avoir eu de la chance d'être un rescapé. Je ne regrette pas ma souffrance. Elle fut le prix à payer pour jouir de cette étreinte. J'aurais gravi, si cela m'avait été demandé, bien d'autres Golgotha pour avoir l'honneur d'en témoigner.

Aujourd'hui, quand j'écoute avec mes compatriotes Monsieur ou Madame Météo, j'ai honte de ce que je suis devenu.

⁂

Les choses ont tourné à mon désavantage. Une jeune fille puis encore une autre jeune fille m'ont souri, je leur ai proposé un rendez-vous auquel elles ont donné suite. Je me trouvais dans l'obligation de réintégrer la vie privative, la vie privée de toute aventure. Je me suis tourné vers une amie de ma sœur (Anne-Marie) dont les qualités m'avaient jusqu'à ce jour intimidé. Elle manifesta quelques faiblesses, en particulier une nature coléreuse dont je lui sus gré. Ma sœur, mes parents, les parents d'Anne-Marie espèrent que nous nous marierons.

Un esprit malveillant réécrirait mon récit autrement. « Tu étais destiné à rater ta vie. Tout ce que tu entreprenais semblait voué à l'échec. Tu devais avec quelques camarades parcourir les Indes et l'un d'entre vous s'était éclipsé en emportant la cagnotte. Tu avais composé un essai dont aucun éditeur ne voulait. Tes voisins d'immeuble te reprochaient ton ignorance des horaires sociaux. Ton meilleur ami avait épousé une femme qui lui demanda de ne plus te voir : par lâcheté et parce que ce n'était pas un bon ami, il obtempéra. Plus tard, tu cherchais vainement un emploi. Tu t'y prenais mal avec les femmes ; elles te refusaient leurs lèvres alors qu'elles s'abandonnaient tout entières à d'autres. Elles préféraient les jeunes gens rieurs, assurés, à ce garçon pitoyable dont les gestes manquaient d'élégance. En conséquence, tu avais tenté en vain ta chance auprès d'inconnues qui, par esprit de lucre ou par goût d'aventure, ne t'auraient pas dédaigné. »

Tout ceci est faux. Je n'ai jamais eu le talent nécessaire pour tout rater. Mes voisins d'immeuble m'ont toujours laissé en paix. Je n'ai jamais éprouvé le désir de parcourir les Indes. Tous mes amis sont célibataires, ils n'ont pas de femmes susceptibles de leur demander de ne plus me voir. L'écriture ne m'a jamais attiré et je n'ai jamais présenté un quelconque manuscrit à un éditeur qui n'aurait pas été quelconque. Les amies de ma sœur, certaines camarades de classe me firent des avances auxquelles tout autre que moi aurait été sensible. En fait, j'avais choisi – car je crois que c'était un choix – d'être un dragueur désespéré.

J'ai renoncé à mon entreprise quand les passantes n'ont plus consenti à se dérober dans l'anonymat. En outre, ma capacité à désespérer s'est tarie, tout comme celle de me livrer à des espoirs immenses. Je ne me crois plus destiné à risquer ma vie en quelques instants sublimes et poignants. Je consens à la perpétuer de jour en jour, puisque de toute manière elle prendra fin sans mon autorisation. Autrui m'importe, mais il ne lui appartient pas de m'absoudre ou de me condamner. Il faut croire aussi et surtout que cette ville immense saluée, connue, reconnue ne me parle plus autant. Si elle peut se révéler agréable, obligeante, je n'ai plus à forcer son agrément ou à me détacher d'elle si elle se fait menaçante.

Les invites de la langue française

Le succès de mes deux derniers romans me valut d'être admis dans le milieu littéraire et de fréquenter des auteurs plus reconnus que moi, ceci à l'occasion des salons du livre, lors d'un débat à la radio ou plus familièrement dans ma maison d'édition. Je n'attendais pas de leur fréquentation qu'ils m'apprennent à écrire (mieux eût valu relire quelques grands écrivains d'autrefois) ou qu'ils me conseillent dans la gestion d'une fortune récente (la plupart d'entre eux la gaspillaient et les plus avertis se refusaient à me donner de véritables conseils). Je désirais qu'ils complètent mon apprentissage du cœur féminin – un domaine dans lequel je me montrais particulièrement maladroit. J'enviais mes heureux confrères. Leur existence, à mes yeux, s'apparentait à une perpétuelle fête des sens et parfois de l'esprit. Ils possédaient d'heureuses prédispositions, mais le talent ne fait pas tout. Ils avaient acquis des manières que j'assimilerai à mon tour, et je rejoindrai le rang des séducteurs honorables car je n'en demandais pas davantage.

Je n'ai jamais accompli les progrès escomptés. J'ai dû vite déchanter. Ils ne disposaient pas du temps nécessaire pour se consacrer à une grande passion ou à une vie de jouisseur. Certains d'entre eux se trouvaient dans la nécessité d'arrondir leurs fins de mois difficiles, parce qu'ils avaient acheté dans le Lubéron une maison hors de prix ou encore un appartement à Neuilly. Ils couraient le cachet d'un studio à un autre, d'une conférence à une autre. Ils ventilaient le même article dans un journal du Béarn, puis dans une revue d'Alsace.

Chez d'autres, la passion de l'écriture tenait une grande place. Ils se refusaient à exploiter un filon. Ils tentaient toujours autre chose dans l'angoisse et le tremblement. Ils se levaient à l'aube et à la fin de la journée, épuisés par leur lutte avec l'ange, avec l'indicible, l'inédit, ils n'étaient pas disposés à se glisser dans la farandole des fêtards. Ils ne s'accordaient pas la permission d'avoir le lendemain la langue épaisse, le cerveau brumeux. Ils déchiraient les premières heures du jour d'un regard aigu, sans complaisance, avec les gestes précis de qui sacrifie à un office divin.

Les voyant dès le début du vendredi après-midi rassembler leurs bagages, faire le plein d'essence et se rendre à leur résidence secondaire, les entendant le lundi matin vanter le bonheur d'avoir respiré un air si pur et avoir trouvé une voisine qui leur vendait du lait, du vrai lait, je n'aurais pas dû m'étonner. J'avais séjourné pendant quelques mois à la Villa Médicis. Les pensionnaires (des hommes) promenaient consciencieusement leur progéniture dans un landau ou revenaient parfois chargés de provisions. Ils feignaient de se régaler d'une nourriture médiocre servie, il est vrai, par des domestiques en gants blancs et sous de précieux lambris. Pour faciliter une digestion difficile, ils entreprenaient une partie de foot avec leurs enfants.

De plus, si la séduction exige que l'on harcèle l'inconnu, tel n'était pas le cas de la plupart de mes confrères. L'échange des femmes ou des amants s'opérait à l'intérieur d'un cercle restreint. Parce que le semblable se plaît en compagnie du semblable ? Par manque de curiosité ? Parce qu'une telle proximité réduit les délais de livraison ? Un écrivain de mon écurie littéraire osa cette confession. « Mon petit Léon, nous n'avons pas de temps à perdre, nous autres les écrivains. Les dames connaissent nos zones de jouissance et nous, nous connaissons leurs faiblesses. Cela va vite, très vite et chacun revient, satisfait, à lui-même. »

L'espérance d'une vie dissolue à laquelle d'ailleurs je n'aspire pas s'éloigne de moi. J'ai même repoussé « quelques occasions ». Une personne qui préside, dans une ville de l'Ouest, une association de lectrices a bien voulu m'inviter à parler de mon dernier roman. Elle mit sur pied un dîner réussi. Il était entendu qu'elle m'accueillait dans sa villa. Quand ses amis nous eurent abandonnés, elle me suggéra sans détour de partager notre nuit. Je me suis dérobé. Je n'aime pas que l'on me presse ainsi. Le scénario qu'elle avait composé dans sa tête me semblait d'une bêtise exécrable : l'écrivain dont on flatte les écrits, qui cède aux avances de la belle enjoleuse et dont on teste les vertus au lit.

Il y eut plus délicat et plus triste. J'avais répondu à la lettre d'une lectrice avertie. Nous avions correspondu d'une manière régulière. Elle avait du goût. Elle savait écrire et j'estime mieux que moi. J'ai cru percevoir qu'elle s'ennuyait à mourir dans sa petite ville de province et elle me prêtait des qualités humaines que je ne possède pas. Je la pressentais délicate, capable de souffrir et moi capable de la maltraiter, non point par caprice, mais par suite d'une situation mal définie. Je n'étais pas en mesure de lui apporter le cœur généreux qu'elle méritait, mais seulement quelques babioles, quelques bribes d'un écrivain mal dégrossi. Je me serais conduit malgré moi comme un séducteur qui abuse de l'innocence, des folles espérances de sa victime. Devenue moins fragile et moi plus généreux, elle me fera peut-être signe et nous tenterons l'aventure de la tendresse.

Alors plutôt céder aux invites de la langue française si elle veut bien de moi. Le bonheur de l'écriture surgit lorsque les mots consentent à s'associer de la manière la plus nécessaire et la plus joyeuse. Ils prennent plaisir à s'entendre, à se mettre en valeur réciproquement. Ils se plaisent à danser ensemble des farandoles ou à tresser des couronnes. Et s'ils agissent ainsi, c'est parce que l'auteur s'est montré avenant à leur égard. Séduction des mots les uns à l'égard des autres, séduction de l'écrivain à leur endroit et voilà que les plus espiègles, les mieux disposés s'avancent vers nous. Cela manque un peu de rudesse et le lecteur y verra peut-être le refus d'inventer soi-même un destin et la volonté de laisser aux caprices des dieux le soin de me sauver et de me rendre heureux.

Pourquoi de telles injustices ?

L'injustice m'a toujours scandalisé, même lorsqu'elle touche les autres que moi. L'inégalité des races au nom de laquelle on interdisait à certains individus l'accès à un restaurant ou à un collège, la disparité des ressources qui condamne les uns à la misère et permet à d'autres de gaspiller, allégrement, la distribution du pouvoir au terme de laquelle certains dominent, ordonnent, exploitent tandis que d'autres obéissent et vendent leurs seules forces de travail, la dissymétrie des sexes qui autorise un employeur à ne pas rémunérer de la même manière à travail égal un homme et une femme.

M'affectait une autre forme d'injustice, moins criante, moins remarquée, mais qui me concernait personnellement : l'inégalité existant entre ceux qui cherchent fortune auprès d'une jeune femme. Je m'en étais ouvert à ceux de mes camarades eux aussi défavorisés sur ce point. Nous passions en revue ces surdoués de la séduction. Ils nous paraissaient, malgré leur succès, pourvus de défauts criants. Antoine Crespy avait pour lui un visage harmonieux, un nez à la grecque, des abdominaux évidents, mais il s'expliquait avec embarras et lorsque l'on prêtait l'oreille à son bavardage, on percevait un chuintement désagréable (nous l'appelions « le président » en référence à

Giscard d'Estaing). Philippe Léopold surnommé le Belge, car il aimait les frites et les histoires françaises, était un beau garçon mais il traitait les femmes (il appelait ainsi ses éphémères fiancées même si elles étaient encore jeunes filles) avec mépris et la morgue boursouflait ses traits. André Levasseur conduisait avec brio son cabriolet (il promettait à ses amies de les conduire jusqu'à Deauville ou Biarritz, quitte à s'arrêter à la première auberge voulue). Il possédait tous les coups du tennis sauf le service qui demeurait médiocre. Mais il était régulièrement fauché et demandait aux demoiselles de partager les frais élevés d'un restaurant de luxe. Grégoire Chêne, un garçon raffiné, généreux, aurait échappé à nos critiques s'il n'avait pas éprouvé le besoin d'étaler sa culture et d'ennuyer son public. Il était intarissable s'agissant de la Haute-Égypte et c'est pourquoi nous l'appelions Jack en référence à Christian Jacq.

Il apparaissait que les confrontations scolaires ou sportives étaient plus équitables. Un professeur nous notait en fonction des mérites ou des défauts de notre copie – sauf si l'un d'entre eux nous avait dans le nez ou s'il était bizarre. Au tennis, quand un joueur possédait une meilleure volée, un meilleur service, un meilleur jeu de jambes (que de qualités !) que son adversaire, il l'emportait. Quelques fautes d'arbitrage ne remettaient pas en cause sa supériorité. Avant même l'arrivée d'une course de fond, je devinais le vainqueur à la vue de sa foulée, mais en l'occurrence, ce qui m'intéressait, ce n'était pas de triompher en mathématiques ou au triple saut, mais auprès des filles.

Comment expliquer leur réussite et du même coup mes échecs ? Existe-t-il, là comme ailleurs, des surdoués de la vie sentimentale ? Aucun reportage, aucune enquête n'avait encore porté sur leur profil, et ceci à la différence des surdoués de l'intellect dont on parle si souvent à la TV. Je ne me résignais pas à un tel oubli de la part des médias qui fourraient partout leur caméra. Manifestaient-ils plus d'application que nous ? Là aussi le travail aurait été payant. Ou bien au contraire, leur nonchalance affectée contribuait-elle à leur charme ? Ils avaient oublié un rendez-vous, ils ne s'étaient pas rasés de près et on leur pardonnait tout.

Ou bien, leur charme incontestable résidait-il dans un je-ne-sais-quoi imperceptible qui m'avait échappé. Si tel était le cas, j'étais vexé et encore plus scandalisé. Le je-ne-sais-quoi était de l'ordre de la nuance, du subtil, de l'évanescent et ces camarades dont j'enviais le succès, si grossiers, en auraient été pourvus. « Les derniers seront les premiers », « bienheureux les simples d'esprit »... Je l'admets, mais dans leur suffisance ils n'étaient pas de la race des simples et des cœurs purs.

J'avais de la peine à épouser une dernière hypothèse. Les filles étaient superficielles, folles, du moins sottes. Une telle remarque me déplaisait par sa généralité. Elle me rappelait la réflexion des Français débarquant en Grande-Bretagne et décrétant que « toutes les Anglaises sont rousses ». En outre, si elle était fondée, je devais en toute logique m'abstenir de rechercher la compagnie et l'approbation d'un sexe aussi dépourvu d'intelligence.

J'ai eu de la peine à renoncer et je ne m'en étonne pas. Les hommes persévèrent souvent dans une discipline qui leur échappe : parfois les langues vivantes, parfois le tennis, comme s'ils avaient à cœur de rectifier une erreur de la nature ou de maudire leur maladresse. En revanche, d'autres personnes délaissent une pratique où elles excellent.

Car comment les faire rêver ?

Étant donné mon âge, je ne pouvais plaire qu'à de jeunes personnes curieuses d'une époque qu'elles n'avaient pas connue. Je disposais d'une riche palette et je possédais assez de flair pour répondre à l'attente d'une gamine (de dix-huit à quarante ans). Pour les unes, Charles Trénet, la Romance de Paris, la Traversée de Paris sous l'Occupation, la Résistance, l'arrivée des chars du général Leclerc, les FFI et leurs brassards, « c'est une fleur de Paris ». Je me glorifiais d'actes héroïques que j'aurais commis dans la clandestinité. Il suffisait que ma mémoire, mon regard brûlé par les ans témoignent en direct de l'événement. Pour d'autres – et c'était pourtant peu vraisemblable – Montparnasse, Fitouji, la Coupole, la bande d'Aragon, les Apaches et les fortifs, la Closerie des Lilas. Puis je m'avançais au bord de notre époque : les dernières guerres coloniales, le Sporting Club de Monte-Carlo, Mai 68.

La mélancolie voilait leurs yeux. Elles en oubliaient que je n'étais plus tout à fait un vivant. Leurs caresses devenaient distraites. Elles voulaient que je leur en dise davantage. Elles me procuraient le bonheur de vivre une seconde fois une histoire dont j'avais été un acteur médiocre. L'attention émue qu'elles prêtaient à mes paroles avait plus de prix que l'élan de leurs gestes. Je n'ai jamais su véritablement pour quelle raison elles s'attachaient à l'évocation des peintres et au rappel des années trente.

Peu à peu, je n'ai plus trouvé qui faire rêver. Les signes d'une proche déchéance ? un art moins accompli de la narration ? ou plutôt, toutes nos commémorations, tous nos documentaires, toutes nos explorations médiatiques n'ont-ils pas gâché et galvaudé la marchandise ? A leurs yeux, je n'avais plus que mon âge. Je n'étais pas le légionnaire venu à ses risques et périls de temples, de cités, de peuplades légendaires glorifiés par le charme de ce que l'histoire a réduit à l'état de poussière.

Une retraite prématurée

Autrefois, les enfants m'amusaient. J'aimais les déconcerter en usant de malice et, en général, une fois leur surprise passée, ils se piquaient au jeu. Désormais, je les percevais comme une menace, celle d'avoir un jour à leur consacrer une partie de mon temps et de me fixer, beaucoup plus que par l'effet d'un domicile ou d'un métier, en un point de la terre. Tandis que je badinais, j'apercevais un landau tiré par un nouveau père et je n'avais plus l'esprit aussi détaché. Je contournais les jardins publics où ils se livraient à une débauche de bruits et de bêtises : par leurs courses, ils m'importunaient dans une allée secrète où il me plaisait de rêver.

Au cours d'un voyage, des usagers, sans but apparent, s'attardaient comme moi dans le wagon-bar et je m'y rendais parfois dans l'espoir de faire oublier à une voyageuse celui qu'elle avait quitté ou qu'elle s'était promis de rejoindre. Mais voilà que la maman demandait au barman de réchauffer le biberon d'un bébé qu'elle tenait dans ses bras. Mon interlocutrice semblait plus occupée par le futur bambin que par mes propos malicieux. Le biberon tardait à se réchauffer, bientôt il serait trop chaud au goût de l'enfant qui hurlerait. Je réglais les consommations, je résistais à la tentation de jeter par la fenêtre le bébé qui s'était interposé entre sa maman et moi-même.

La population féminine ne se compose pas seulement de mamans. J'avais l'occasion de rencontrer d'authentiques jeunes filles mais tandis que ma main reposait plus ou moins sagement sur le ventre d'une charmante personne, il ne m'apparaissait plus comme une grotte ardente mais comme un lieu de semailles, une outre féconde. Son sourire juvénile, si je le considérais avec plus d'attention, se transformait en un rayonnement maternel, celui qu'elle dispenserait bientôt, trop tôt à un enfant. Puis je cessais de fantasmer, l'évidence du présent dissipait mes craintes. Nous cheminions tous deux à vélo, elle prenait de la vitesse, posant pied à terre pour enjamber une haie, fredonnant un air à la mode ou m'éclaboussant tandis qu'elle se jetait la première à l'eau. Alors ces gestes sans arrière-pensée, empreints de la grâce de qui vit seulement dans l'instant m'assuraient que nous vivions l'un et l'autre dans l'insouciance d'un éternel présent auquel nul avenir ne succéderait. Mais je n'étais pas tout à fait guéri. Des paroles innocentes auxquelles je prêtais une signification cachée, un geste trop affectueux à mon goût me laissaient croire que je vivais toujours sous la menace d'un matriarcat.

J'ai pris ma retraite de séducteur et je considère maintenant avec plaisir les enfants des jardins publics en train de se poursuivre, de s'arrêter devant mon banc pour considérer l'étrange personnage qui, ainsi, les observe.

Me montrer moins goujat

A quoi bon insister dans des façons qui me mettent si mal à l'aise ! Je suis devenu trop scrupuleux. Depuis quelques mois, quand je désire mettre un terme à une aventure, je déploie des efforts qui me laissent exsangue. Je remets sans cesse au lendemain la rencontre ou plutôt l'entrevue au cours de laquelle « j'abattrai les cartes sur la table » ou pour être moins vulgaire « je tirerai au clair l'état de nos relations ». On feint de ne pas me comprendre. J'use de quelques phrases moins équivoques. Elles provoquent des pleurs. Le lendemain, pour me faire pardonner, je me répands en compliments. J'en viens à dire que sans elle ma vie n'a plus de sens. J'écris une belle lettre ouvragée (ma fiancée, si elle avait du flair, percevrait de la froideur dans ce souci excessif de la forme). A nouveau, je m'efforce de parler sans détour : « Les beaux jours sont désormais derrière nous. Je n'ai pas le droit d'abuser de ta jeunesse. » A quoi elle répond qu'elle n'est pas si jeune que cela et qu'elle se montre disposée à me sacrifier son printemps. Ce qui eût pu devenir une scène de rupture s'achève en un délire amoureux. Un tel va-et-vient m'épuise.

J'ai décidé de vivre plus sagement à l'écart des turbulences du cœur et je ne le regrette pas. La muflerie de certains de mes camarades me dégoûte. Afin de rompre, ils n'hésitent pas à user des stratagèmes les plus détestables : insulter leur fiancée en public, décommander au dernier moment un rendez-vous, un voyage longuement préparé, mentir effrontément et piquer une bonne colère au moindre démenti. Si encore ils se conduisaient avec quelque élégance ! Au contraire, ils prennent plaisir à se rouler avec leur compagne dans la fange.

En outre, je me suis rendu compte que sous prétexte de conter fleurette, je m'introduisais avec quelque impudeur dans l'existence d'une autre personne. Confiante, elle m'avait ouvert les portes de l'intime de son être. J'y pénétrais puis je repartais sans me soucier du trouble que j'avais pu y apporter.

J'éprouve la satisfaction tardive d'être devenu plus vertueux ou moins goujat. Je sais que je trouverai d'autres moyens de me divertir.

Leur gaieté me désarme

Je mets en cause la gaieté, une qualité appréciée, mais qui en l'occurrence me joue de bien mauvais tours. Si j'ai renoncé à séduire, c'est que depuis quelques mois je provoque et je m'attache à des femmes qui, par leur gaieté, ôtent tout crédit à mon engagement. Je n'insinue pas qu'elles rient à gorge déployée tandis que je plaisante ou que je les déshabille. Il ne s'agit pas non plus de perruches qui, par leur caquetage (les perruches caquètent-elles ?), me lasseraient. Leur gaieté se traduit par un sourire discret, par l'attention prêtée à l'inattendu et aussi, ce dont je devrais les féliciter, par leur capacité à recevoir dans la bonne humeur un événement désagréable. Seulement une telle constance me laisse croire qu'elles se préservent dans une demi-indifférence : ce qui se passe entre nous les affecte médiocrement. J'en suis venu à espérer des personnes capables de colère, d'abattement avec des moments d'exaltation et de reproche.

En vain. Il y a eu cette jeune femme rencontrée à Lyon. J'avais remarqué son côté nocturne. Le sort, j'en suis sûr, l'avait malmenée durant les derniers mois de son existence. Au bout de quelques jours, la tristesse l'avait abandonnée. Je lui parlais en vain de ce salaud qui l'avait escroquée avant de l'abandonner. Au début de l'année, je m'étais approché d'une femme sombre, totalement sombre dans ses vêtements, son regard, sa peau. Elle avait noué un pacte secret avec la mélancolie, avec la mort. Nous avancerions gravement l'un à côté de l'autre. Elle a mis fin étrangement à son désarroi jusqu'à se teindre en blond (blondeur évaporée) et à mimer les passes d'un toréador dans une arène.

Le matin au lever (cela je l'admettrais encore), au cours d'un repas dans un restaurant mais aussi quand je plonge en elle, quand je déclame un beau poème d'Apollinaire, elle éclate en rires – sans motif. Quand je lui demande d'en expliquer les raisons, elle ne me dit rien d'autre que « comme tu me fais rire, Chéri ». Si nous avions l'intention de nous diriger vers le prêtre destiné à nous marier, son rire retentirait et elle me demanderait de la pardonner : « Je n'y peux rien, Chéri. » Il en serait de même dans un paysage en ruine après une catastrophe nucléaire.

Mon problème, vous l'avez compris : je peux seulement aimer et rencontrer des femmes gaies.

Des attachements romanesques

En fait, j'ai assez vite renoncé. Retombé en adolescence prématurément comme d'autres retombent en enfance. Aux alentours de quatorze, de dix-huit ans, je quittais, après les travaux, la ferme de mes parents. Je marchais sans raison et sans but, tout au plaisir de m'entretenir chastement avec l'une de mes héroïnes littéraires, ou encore j'abandonnais un enseignant nous initiant à la géographie, à l'algèbre pour converser avec l'une d'entre elles. J'oubliais sans peine les visages sans grâce de mes maîtres. Mes petites amies, même les plus avenantes, ne les égalaient pas. Je devais me décider à m'approcher de l'une de mes étincelantes, avant qu'un autre ne les ait invitées ou que le bal n'ait fermé ses portes. Mais lesquelles ?

J'ai exclu les Anglo-Saxonnes et les Russes. Elles avaient pour elles l'attrait de l'inconnu, de l'exotisme mais je n'aurais pas su me conduire habilement. Je redoutais, si elle était issue d'un roman russe, d'avoir affaire à une hystérique, alternant les fous rires et les moments de mélancolie, me conjurant de mettre fin à la vie en sa compagnie. Mes Anglaises, je les avais rencontrées dans quelques romans du siècle dernier. Leurs manoirs, leurs immenses parcs, leurs crinolines, très peu pour moi. En outre, les princesses de l'Antiquité et les Françaises, leurs dignes descendantes, constituaient à elles seules un beau lot. Certaines d'entre elles m'intimidaient outre mesure. Tourner un madrigal auprès d'une Antigone austère, exigeante, une voix de la justice plus qu'une jeune fille, quelle inconvenance ! Je n'aurais pour rien au monde troublé le triste chant de Bérénice. Et même au théâtre, Ariane ma sœur, de quel amour blessée, vous mourûtes aux bords où vous fûtes laissée…

Il valait mieux me frotter à une garce, comme l'une des filles du père Goriot et lui prodiguer un peu de la souffrance qu'elle avait infligée à son père. Les cœurs secs, les âmes noires qui méritaient une bonne leçon ne manquaient pas. J'aurais cependant évité de me mêler au sinistre duo des *Liaisons dangereuses.* Madame de Rênal, à la fois mère et amante, cœur simple et apprentie criminelle, demeurait ma préférée et je n'aurais eu aucun scrupule à tromper son mari. Mais son cœur avait été déjà pris par le jeune et fringant Julien Sorel.

J'ai relu mes classiques pour mieux les connaître, savoir avec précision ce qu'elles aiment, ce qu'elles détestent. Ainsi nourri de notre patrimoine littéraire, j'ai obtenu sans difficulté l'agrégation. J'enseigne dans un lycée de jeunes filles. Certaines, par jeu, désireraient attirer mon attention. Elles ne savent pas, les jolies, que mon cœur est déjà pris par ailleurs. Néanmoins, quand l'une d'entre elles récite un poème de Racine ou de Gérard de Nerval, il s'en faut de peu (une erreur dans la respiration du texte) pour que je cède à l'illusion et que je m'évade au loin, au large des siècles abolis.

Les champs magnétiques : théorie et travaux pratiques

Je confondais séduire et être séduit, aimer et être aimé, remarquer et être remarqué. Si mon regard se portait sur une femme avec toute la ferveur possible, elle ne pouvait pas ne pas en être touchée, non point sur un mode banal (quand une personne nous fixe, nous nous rendons compte qu'elle pose sur nous ses yeux), mais par suite d'une physique troublante et quasi surnaturelle. Un regard aimant, chargé d'amour, après avoir atteint son objet se réfléchit sur celui qui l'a émis avec la même énergie et, sans doute, une énergie redoublée. Ce va-et-vient n'est pas près de s'interrompre. Il enchaîne deux êtres qui n'ont pas la force de se désunir et qui, en outre, n'en éprouvent pas le désir. Il serait alors vain de se demander qui a séduit et qui a été séduit.

Une telle certitude a été mise à mal. Au cours d'une réunion amicale, je n'avais pas pu détacher mon regard de la personne d'Henriette. Elle y fut si sensible qu'elle m'entraîna, sans dire un mot, dans une pièce inoccupée. Après une étreinte sauvage, elle se détourna de moi sans prononcer une parole et se fondit dans la foule des invités. J'ai dû convenir que mon énergie désirante possédait une existence éphémère (j'aurais pu me convaincre que de tels amours étaient sans conséquence : vite fait, bien fait). Lors de l'inauguration d'une galerie j'ai eu le sentiment qu'Aline et moi-même ne pouvions plus nous détacher par le regard. A ce point attirée, aimante, irrésistiblement j'ai plongé tout droit sur ses lèvres. Par l'effet d'un élan inopiné, elle renversa le verre qu'elle tenait à la main et tacha sa robe de cocktail. Elle posa calmement son verre sur une table et, de sa main ainsi libérée, elle m'administra une paire de gifles qui claqua malencontreusement au milieu du discours de bienvenue.

Je me trouve dans l'obligation non point d'abandonner ma théorie mais de l'affiner. Un regard attentif ne signifie pas la fascination et le désir incontrôlé. Certains êtres feignent d'être touchés alors qu'ils continuent d'exister ailleurs au large, ou bien la translation de l'énergie se fourvoie, se dissipe en cours de route, ou encore, devant ces allers-retours, nous avons négligé de la recharger et elle n'a plus la force indispensable pour advenir jusqu'à l'éblouissante. Comment étayer et préciser mon information ? Il n'existe pas, à ma connaissance, d'ouvrages de physique transcendantale. Mieux vaut m'abstenir pour l'instant et renoncer provisoirement à jouer avec les fluides surnaturels. N'est pas magicien qui veut.

Les jardins parisiens

J'aime m'attarder dans les jardins publics. Je m'absente du monde et néanmoins il ne disparaît pas tout à fait. Il existe seulement avec moins d'arrogance. Au Luxembourg, je me réfugie dans une contre-allée propice à la lecture, à la méditation, non loin de quelques solitaires de mon espèce. J'entends encore le quartier Latin, Port-Royal et si je tendais l'oreille, j'entendrais rugir le Lion de Belfort et les dernières phrases d'un discours magistral prononcé à la Sorbonne. Les portes du Luxembourg vont fermer et ses jardins me conseillent à voix feutrée d'abandonner Louise de Savoie ou Marguerite de Navarre.

De tels lieux m'offrent leur cortège de jeunes filles et de jeunes femmes. Au Luxembourg, des étudiantes de toutes nationalités, venues les unes des USA, les autres d'Afrique, se promènent. Aux Tuileries, avec un peu de chance, car elles sont devenues moins nombreuses, de petites mains picorent, se chamaillent, rient aux éclats. Le Champ-de-Mars déborde de cars, l'émerveillement sympathique de jeunes touristes me permet d'oublier leur charivari.

Tant de sourires, tant de démarches dansantes, tant de gestes gracieux me tirent de mon exil, de mon détachement volontaire ! J'ai désiré savoir qui elles étaient et si elles saupoudraient d'un peu de rosée végétale le boulevard Saint-Germain, la rue du Faubourg-Saint-Honoré et quelques autres artères moins glorieuses. Il vient un moment où la rue, la multitude des passants m'étourdissent et ôtent à celle que j'ai élue ses pouvoirs, son privilège.

Je reviens à mon enclos, déçu comme après un long voyage inutile ; les frondaisons, les bassins, les statues me font la tête. Je déteste les fâcheries. J'ai renoncé à mes escapades.

Cesse de rêver

Cesse de rêver, reviens à ta condition et à ton époque. Tu ne portes pas de dentelles ni de bas de soie. Tu ne possèdes pas de cabinet secret où mener ta belle. Existe-t-il encore des lieux où, après un somptueux dîner, les jeux de l'amour s'entreprennent ? Disposes-tu de rabatteurs qui mèneraient jusqu'à ton alcôve un gibier tendre, effarouché, ou bien des femmes si expertes qu'elles t'en apprendraient sur des vices encore ignorés de toi ? Je m'en voudrais de te le reprocher. Entreprendre la chasse des orphelines, des fillettes au sortir des écoles peut conduire aujourd'hui au tribunal et à la réprobation commune.

Une vie oisive, voluptueusement oisive, voilà ce qui te manque. Le temps que tu soustrais à tes charges, tu le gaspilles en occupations multiples comme le golf, une croisière, ou encore en formalités indispensables pour ne pas être rattrapé par une loi tatillonne. Tu ne sais plus ce que c'est que se lever tard, déjeuner au lit et décacheter posément ton courrier. Les ouvrages licencieux, lestes, polissons qui tapissent ta bibliothèque, qui les ouvre ? Les as-tu seulement feuilletés ? Tes amis habitués à des revues pornographiques d'une rare bêtise bâilleraient d'ennui s'ils en commençaient la lecture. Peuvent-ils faire autrement, eux qui ne savent pas décortiquer délicatement une bécasse et en savourer le suc ?

Il te faudrait changer radicalement ta vie, la sertir d'autres conduites blâmables. Jouer au risque de te ruiner, ne pas hésiter à tricher pour « te refaire », te parjurer, blasphémer la Sainte Église, jouir sans scrupule de privilèges injustifiés (comme tous les privilèges). Or, je ne t'ai jamais vu monter des enchères incertaines autour d'une table de jeu, oser des paroles sacrilèges et ces menus privilèges que la société ou la vie nous accordent parfois par inadvertance, tu ne cesses de te demander s'ils ont quelque légitimité.

Une rouste mémorable

Je souffre encore de contusions. Ils m'ont roué de coups sans retenue, sachant bien que je n'oserais pas porter plainte. Laure avait été ma cliente. Nous avions fraternisé tandis que je perfectionnais sa conduite automobile. Nous avons établi par sa faute des relations plus tendres. Elle s'est inscrite pour de nouvelles séances alors qu'elle possédait le niveau exigé, poussée par le désir d'aller plus loin dans nos épanchements. Mes mesures de sécurité s'avérèrent insuffisantes. Son mari et son frère dénichèrent l'hôtel d'Allevard où nous nous aimions tous les mardis et les vendredis après-midi. Ils ont forcé la porte de la chambre. Laure n'a pas tenté de s'interposer tandis qu'ils me rossaient. Elle les a suivis sans un regard compatissant. Une telle trahison m'avait blessé tout autant que leurs coups de pied et leurs baffes. Sans doute n'était-elle pas sincère dans ses élans. Elle devait connaître ma réputation de don juan des auto-écoles et elle prenait plaisir à me voir puni, secoué rudement.

Cette rouste ne m'aurait pas servi de leçon si je n'étais pas tombé sur une collection paternelle de la revue *Détective.* Ce journal, dont mon père conservait précieusement tous les numéros, relatait souvent les sévices imposés aux séducteurs, et en particulier aux séducteurs des auto-écoles. Jean Y. de Manosque avait été ligoté, brûlé au visage avant d'être abandonné dans un bois. Les parties génitales, réputées les plus coupables d'entre les membres du don juan, avaient été endommagées. Le vitriol, par bonheur, était réservé aux femmes et les hommes échappaient à ce type de sanction.

Voilà qui m'incita à la sagesse. La saveur exquise du fruit défendu ne valait pas le risque de voir abîmés des organes aussi vitaux que les testicules ou le visage. Au cours de mes leçons, je me raidissais, à bonne distance de l'élève, ce qui ne constitue pas la manière la plus commode pour lui indiquer qu'elle a confondu l'accélérateur et le frein et qu'il lui faut aussitôt corriger le tir.

J'ai renoncé par la suite à mon métier. Privé du prestige qu'il m'accordait, toutes mes tentatives pour conquérir un cœur ont échoué piteusement. J'ai dû admettre que je n'étais pas un séducteur.

En panne d'imagination

J'avais conservé une certaine manière de regarder les femmes, de m'adresser à certaines d'entre elles, de leur faire entendre mon admiration et ma disponibilité. Il me manquait un élément essentiel dont j'avais méconnu l'importance parce qu'il semblait aller de soi. Je n'imaginais pas la suite des événements lorsqu'ils prenaient un tour favorable. Il me faut préciser ce que j'entends par là. Je n'avais pas perdu la faculté de concevoir un scénario le plus souvent prévisible, mais je ne l'investissais pas avec une partie de mon être, je n'éprouvais pas l'élan qui déjà par l'esprit m'eût permis d'accomplir les premiers pas. C'est ainsi qu'un chemin peut demeurer lisible, visible pour un randonneur, mais ne plus éveiller son corps, ne plus le tirer à lui. Le désir de la conquête n'avait pas disparu. Je ne le tenais pas pour vain. Il n'était pas assez fort pour m'inciter à produire, à inventer ce qui était en instance d'advenir, et quand je me forçais à l'imaginer, c'était sous la forme d'images ternes, plates, accablantes de platitude.

J'avais éprouvé le même malaise au cours de certaines de mes conférences. Les mots, les phrases ne se dérobaient pas à moi. J'avais en tête leur enchaînement, mais je les considérais du dehors comme s'il s'agissait du texte d'un autre. Je n'interrompais pas mon discours, je le prononçais avec moins de conviction et au fond ce n'était pas moi qui m'adressais à mon public. Seulement si je veux bien abuser un auditoire, j'éprouve plus de scrupules à me moquer en quelque sorte d'une personne que je prétends aimer. Je n'accepte pas qu'un autre que moi, ayant emprunté mon visage, mon apparence, la couvre de baisers en vertu d'une fâcheuse substitution d'identité.

Montaigne plutôt qu'Évelyne

J'espérais en séduisant approfondir ma connaissance de l'être humain. Certains de nos semblables se lancent dans la connaissance des particules élémentaires, d'autres déchiffrent des archives poussiéreuses pour mettre au clair le déclin de l'Empire romain ou encore ne se lassent pas d'interroger le minéral. Pour ma part, autrui me paraissait d'une nature énigmatique et j'aurais désiré démasquer avec plus de pertinence le monstre. La fréquentation ordinaire des hommes ne m'avançait guère. Au cours d'une séduction bien menée, pensais-je, les dérobades, les contre-jours, les masques se lèveraient lorsque ma partenaire apparaîtrait désarmée.

J'ai constaté, hélas, que mon butin était maigre. Après nous être enlacés, poursuivis, rendus, offerts, après des fous rires et des larmes, les faux-semblants, sous l'effet de la fatigue, dans la lumière crue de l'aube, n'auraient plus la force d'advenir. Encore fallait-il que l'autre ait quelque chose à me livrer, qu'il possède au fond de son être un secret. Encore fallait-il que ces heures partagées n'aient pas été mises en scène à l'insu des acteurs ou encore que l'autre n'ait pas percé mon manège et ne se soit pas irrité de ce viol psychique.

J'ai cru bon de revenir à Montaigne, à Pascal, à Proust. Ils ont dû trafiquer leur mémoire, mais au moins je sais à quoi m'en tenir et le plaisir qu'ils me procurent n'est pas méprisable.

Le monde est trop aimable

Le monde est trop aimable. Je n'en finis pas de le remercier pour ce qu'il m'offre au point de ne pas me soucier de plaire, de jouer la comédie de la séduction – ce qui exigerait une attention à soi qui n'est pas dans ma nature. Ainsi, je songe à ce qui m'a été accordé la veille de ce jour. J'avais laissé choir au marché une botte de radis et une jeune femme s'est empressée de la ramasser et de me la restituer. Ce jour-là encore, les étals regorgeaient de viande, de poissons, de fruits qui ne sauraient mentir. J'ai traversé une rue sans apercevoir un véhicule qui advenait sur ma droite. Son conducteur s'est arrêté et m'a fait un signe amical avec une légère nuance de réprobation : « A l'avenir, Monsieur, faites attention. » Je cherchais désespérément ma monnaie dans un supermarché, tandis que la file d'attente grossissait et nul n'a exprimé son impatience. Le soleil est apparu après quelques journées maussades. La foule s'est jointe à moi pour acclamer le retour des beaux jours. Au milieu de mon square, des petites filles en sautant à la corde reprenaient une chanson de jadis. Un chat a feint de se soumettre à mes caresses et s'est enfui prestement.

Ainsi sollicité, ainsi fêté, je n'ai pas le temps d'entreprendre une cour à l'ancienne qui ne se bâcle pas. Je suis déjà en peine de remercier tous mes bienfaiteurs et mes bienfaitrices.

Fleur bleue, inexorablement

Mes amis ont changé à tel point que j'ai de la peine à les reconnaître. Mais le surprenant n'est-il pas plutôt que je ne me sois pas modifié, qu'à quarante ans j'aie conservé une fraîcheur, une naïveté juvénile, que j'adhère encore à ce que mes parents m'ont enseigné, que j'admire la fougue et la fantaisie avec lesquelles Gérard Philipe, tout feu tout flamme, conquiert les cœurs ? Mes anciens amis fréquentent pour la plupart des clubs échangistes et ils ne comprennent pas que je ne veuille pas les y suivre.

Il me fallut, pour entendre leurs propos, opérer une sorte de révolution idéologique. L'échange, en vertu d'une éducation chrétienne teintée de socialisme, signifiait pour moi le partage du pain, des biens, de la culture, si souvent prôné et si rarement suivi d'effet. Enfant, mes parents me demandaient de prêter mes jouets. Adolescent, j'ai manifesté pour que l'on redistribue plus équitablement les fruits de la croissance. Saint Martin, qui n'avait qu'un manteau pour se couvrir, l'avait partagé en deux à l'intention d'un misérable transi par l'hiver. Or mes amis, s'ils désiraient partager leurs femmes ou plutôt se les prêter, excluaient toutes les autres formes de partage et désiraient conserver leurs biens propres. A la sortie de leur club d'échanges, ils entendaient, à la différence de saint Martin, récupérer entière leur pelisse de fourrure.

A mesure qu'ils me parlaient, j'ai dû opérer une autre révolution, cette fois sémiologique. La « lèche », un mot qui revenait souvent dans leurs propos, était mal vue au collège comme à la caserne. Nous montrions du doigt et nous mettions en quarantaine celui qui faisait de la lèche auprès du maître ou de l'adjudant. Le lèche-cul était en même temps un faux cul. Or, au cours de leurs agapes on vantait les mérites de celui qui savait lécher aussi bien un sexe qu'une poitrine ou que de la pisse.

Leur incontinence verbale, leur jactance m'attriste encore davantage que la liberté de leurs mœurs. Tous se glorifient d'avoir de longues queues, charnues, musclées, rubicondes, infatigables, hélicoïdales, performantes, en état permanent d'insurrection, de surrection, d'être des donneurs, des puisateurs, des producteurs, des surproducteurs, des arroseurs, des gicleurs, des éjaculateurs perpétuels de sperme.

En présence d'une femme qui en vaut le coup, ils prétendent constituer l'un des meilleurs relais de France : en une durée déterminée, ils peuvent à eux six contenter le même ventre. Je n'ai pas aussitôt compris la métaphore : en bon lecteur de *L'Équipe*, je ne connais que les relais 4 × 100, 4 × 400, qui nécessitent le passage optimal du relais. Et ce qui alors m'éblouit, c'est l'harmonie et la prestance de leurs foulées, préférables à mon sens à des queues s'enfilant les unes après les autres.

Ils apprécient leurs partenaires d'une manière qui me déplaît. Elles sont pour la plupart des attrape-queues, des serre-couilles, des avaleuses de sperme, des suceuses de première. Jamais à la peine, toujours à la jouissance, dotées de mottes touffues, tantôt prairies vagabondes, tantôt forêts mystérieuses, tantôt marécages exotiques, dans leurs regards des éblouissements de vierge et des œillades de putain, indulgentes lors d'une défaillance, admiratives en présence d'un exploit.

Ils ont dépassé la mesure lorsqu'ils ont exprimé leur mépris à l'égard de ceux qui ne participent pas à leurs fêtes nocturnes. Des petits-bourgeois, des sous-doués. Ils ont évoqué le châtiment qu'ils leur réservent : juste bons à être tartinés sur leur plateau-télé, à cuire à petit feu dans la cheminée de leur living, à être ligotés sur le siège de leur repas dominical, à être torchés de force avec leurs sicav et leurs livrets d'épargne logement.

Richard m'avait vu blêmir et il a constaté que je ne saurais changer : « Tu ne pourras jamais réparer les dégâts d'une enfance abîmée, réprimée. »

J'ai l'esprit de contrariété. Tant que l'âge me le permettra, je demeurerai inexorablement fleur bleue. Je compterai fleurette aux demoiselles et aux dames. Je leur offrirai des fleurs des champs et je les emporterai sur le cadre de ma bicyclette.

Ni courtisan ni barbare, mais prévenant

A la campagne, j'ai été à bonne école. Quand nous pénétrions en classe, nous ôtions notre béret. Nous saluions l'étranger rencontré sur un chemin. Nous aidions une vieille personne (même si nous la nommions entre nous « fée Carabosse ») à porter ses sacs. J'ôtais encore mon béret pour rendre un hommage bien tardif aux soldats morts pour la patrie et dont le nom figurait au monument aux morts : ma courtoisie n'allait pas jusqu'à ôter dix-sept fois mon béret en mémoire des dix-sept disparus de notre village. Le matin, en ouvrant les volets de ma chambre, il me paraissait de bon ton, mais ce n'était pas obligatoire, de sourire à mon tout proche verger, qu'il fît soleil ou que les prairies fussent recouvertes de brouillard.

Nous ne tirions pas les nattes de nos petites camarades et lorsqu'elles avaient dépassé l'âge de treize ans, nous les appelions, avec quelque malice, « mademoiselle » (« madame », c'était l'institutrice). Des parents de passage, en général âgés, nous rendaient visite. Mon père et ma mère retenus par le travail me confiaient le soin d'entretenir la conversation : autant j'aimais le soir entretenir le feu de notre cheminée, autant cette tâche en aucune manière flamboyante me pesait. Je prenais sur moi de ne pas bâiller. Je masquais mon désir de gambader auprès d'un ruisseau, objet de pêche infructueuse. Des vieilles gens inoccupées abusaient de ma patience. De mon côté, mes parents me demandaient de saluer les membres d'une famille voisine avec laquelle ils étaient fâchés depuis un temps immémorial et qui me rendaient à contrecœur, d'un œil torve, mon salut.

J'en remettais dans la courtoisie. J'ai anobli des écrivains dont le maître m'avait vanté l'excellence : ainsi, Monsieur de Molière, de La Fontaine et non point de Boileau parce qu'il m'ennuyait : en revanche, je retranchais le von de von Bismarck ; par le biais de la linguistique, une revanche patriotique.

Mon oncle Aurélien qui n'était jamais à court d'une histoire me confortait dans l'illusion d'une humanité presque parfaite et qui méritait le respect. Il nous parlait de l'Occupation, « une période durant laquelle bien des horreurs avaient été commises, mais où bon nombre de Français firent preuve d'amitié et de cœur. D'immenses queues se formaient autour des étals. Durant des heures rendues plus pénibles par le froid, les clients d'un aliment hypothétique se réchauffaient en parlant de leurs misères ou en évoquant l'abondance des années fastes. Ils laissaient passer devant eux une petite vieille dont ils avaient pitié. Arrivés à huit heures du matin, ils se séparaient aux alentours de midi, parfois sans avoir obtenu le kilo de pommes de terre ou l'œuf espéré. Ils se donnaient rendez-vous avec un petit sourire triste : “A demain matin, à la prochaine queue.”

« Si l'alerte avait été donnée, nous regagnions nos caves éclairées par des bougies. Malgré la peur, tandis que la nuit progressait, nous nous endormions. Les mères berçaient leurs enfants apeurés. Elles leur chantaient des comptines du temps jadis : "Je veux mon ami Pierre", "Si le roi savait ça", "A la belle fontaine". Ainsi, une France de légende, d'amantes et de princes, une Loire bordée de châteaux, une France transparente comme aux plus beaux jours tenaient compagnie à notre pays occupé, humilié, affamé, frigorifié. Le lendemain matin, lorsque l'alerte avait pris fin, nous nous embrassions avant de regagner nos appartements et, pour les enfants, leur école et, pour certains hommes, leur atelier. Nous nous embrassions affectueusement. Car ce n'était pas peu de chose que d'avoir affronté ensemble la mort, tout comme dans les queues, nous faisions face ensemble à la faim.

« Certains d'entre nous cherchaient à entraver la terrible machine de guerre allemande. Ils trouvaient refuge dans nos maisons. Une porte cochère s'ouvrait toujours pour les soustraire aux balles d'une patrouille allemande. Quand l'un d'entre eux était arrêté, nous prenions en charge sa famille. Au-dessous d'une ville livrée aux nazis existait une ville souterraine, invisible, peuplée d'hommes en armes, avec des boîtes aux lettres clandestines, des caves et des greniers clandestins. Le danger ne se mesurait pas. Il se partageait. Tout homme, quelles que fussent sa condition, ses origines, bénéficiait d'un régime de faveur dès lors qu'il risquait sa vie pour nous libérer. »

Je me risquais à nuancer le tableau : « – Mais, Tonton, les rafles, la délation, les camps de concentration… – Petit, laisse-moi tranquille, ce fut l'action de quelques esprits dérangés. La nature des hommes est foncièrement bonne, ils méritent d'être traités avec considération. »

Mes années d'internat au collège de Villeneuve-sur-Lot ont mis à mal les convictions de mon oncle. J'ai cru observer que l'humanité se composait de deux populations : celle des fayots qui cherchaient maladroitement à séduire et une autre espèce qui, pour s'imposer, avait recours à la violence et à l'intimidation. Il était surtout question de ne pas se laisser marcher sur les pieds, de défendre la nourriture entreposée dans notre casier et d'avoir la paix durant notre sommeil au dortoir. Mes bonnes manières, si je puis dire, indisposaient des rustres curieusement issus de la ville car c'était moi, le fils de paysan, qui aurait dû leur apprendre la politesse. Par bonheur, je pratiquais le rugby. Ma prestation au titre de demi d'ouverture fut convaincante. Ils n'allaient pas esquinter un élément aussi précieux que le numéro 10. J'ai retrouvé la paix du sommeil et j'ai pu sans crainte ne pas fermer par un cadenas mon casier.

Une bande de fayots infestait notre collège. Sur un mode à peu près acceptable quand ils s'offraient au maître pour effacer le tableau ou l'aider à porter sa serviette. D'une manière plus révoltante quand ils cafardaient et dénonçaient un camarade qui avait jeté des boules puantes. La plupart d'entre eux trouvaient dans la délation un plaisir exquis qui dépassait l'ordinaire du fayotage. Je leur traçais un destin. Ils fayoteraient à l'armée auprès du caporal-chef et dans leur entreprise auprès de leur chef de bureau. De temps à autre, les petits camarades dénoncés infligeaient une belle correction au délateur. Ce dernier, en quelque sorte averti sur la conséquence de ses actes, aurait dû renoncer à ses vilaines actions. Il n'en était rien. Il prenait sans doute plaisir aux sévices qu'on lui imposait.

Tous mes fayots ne cherchaient pas à tirer profit de leur bassesse comme l'espoir d'une meilleure note, d'une sortie exceptionnelle. Quelques-uns d'entre eux agissaient avec un réel désintéressement. Ils épanchaient leur goût de la servitude. Si les enseignants avaient manié la trique et leur avaient botté cruellement le cul, ils en auraient conçu encore plus de bonheur. Plaire pour s'attirer les faveurs du maître, mais surtout pour ramper à ses yeux.

Un fayot intelligent, en quelque sorte un fayot dissident, Pierre Garcin, se justifia près de moi : « Ne sois pas trop sévère à mon égard et si j'avais un conseil à te donner, ce serait de calquer ta conduite sur la mienne. Quelques règles prévalent dans la vie sociale. Il faut donner aux autres une bonne image de soi-même et une excellente image de ce qu'ils croient être. Donc en multipliant les courbettes, en cherchant le point faible d'un individu et en le flattant comme il convient, je le tiens à ma merci. C'est moi le dominateur et non point lui. Je ne suis pas dupe de la comédie que je lui joue. Je te sais supérieur à ces camarades que je feins d'admirer et je te rends hommage de résister à nos séances collectives de lèche. Seulement, je ne désire pas aller au casse-pipe. »

Une telle lucidité, la qualité d'une pareille analyse m'éberlua : elle ne m'incita pas pour autant à me modifier.

Deux personnages m'ont sauvé de l'écœurement ou du cynisme. Mon professeur de lettres, Claude

Beaudevin. Il sut m'intéresser à quelques grands écrivains dont il parlait avec feu et nuance, tout en demeurant distant à notre égard, je veux dire qu'il ne s'abaissait pas à des familiarités qui suscitent la sympathie auprès des élèves et qui permettent à un enseignant de rester médiore. Nul d'entre nous n'osait s'avancer vers lui pour lui demander des « explications », en fait, « pour se faire remarquer ». Une fois l'enchantement terminé (le commentaire, la lecture d'un texte majeur), il nous abandonnait comme si nous étions des étrangers. Acteur, Claude Beaudevin n'eût pas cédé au rappel du public. On le prétendait « janséniste », ce qui pour nous ne signifiait pas grand-chose sinon qu'il ne se compromettait pas avec le siècle et que sans doute sa chambre était d'une simplicité monacale. J'obtins quelques notes excellentes. Il ne crut pas bon de me féliciter. Un autre enseignant l'eût fait et m'eût plongé dans la confusion. Il me sembla néanmoins que son regard se posait sur moi quand il s'abandonnait à une trouvaille poétique.

Au cours de ces années, j'ai également bénéficié d'une bienfaitrice, Mademoiselle Vignerie, une ancienne institutrice à la retraite. Elle était à Villeneuve-sur-Lot ma correspondante – un terme disparu et charmant. Elle était censée répondre de moi et elle signait une sorte de quitus sur le carnet de correspondance. La soixantaine agréable, elle parlait peu, mais elle pressentait mes humeurs variables. Elle m'autorisait à vaquer dans sa petite maison remplie de bouquins et aussi d'objets étranges à mes yeux de petit campagnard. Je demeurais en contemplation devant un service de table, je polissais une statuette. Je m'asseyais avec précaution sur un fauteuil orné de nids-d'abeilles. Cette maison modeste était située rue du Papou, au milieu d'autres maisons aussi modestes, avec un jardinet et des WC installés au fond du terrain. Quand les beaux jours annonçaient la chaleur, elle me servait du vin de noix ou d'orange qu'elle préparait elle-même. Assis sur l'un des fauteuils à nids-d'abeilles, je trempais religieusement mes lèvres sur un verre ouvragé.

Ai-je su entendre la leçon de cette vie de modestie et de dignité : plaire sans chercher à séduire, ne pas vouloir occuper le devant de la scène, tempérer les relations humaines par toutes sortes de prévenances et de convenances ? L'humanité n'était pas foncièrement barbare.

Tout cela est la faute de Racine

Tout cela est la faute de Racine. Il ne m'aura pas converti à son Dieu, le Dieu terrible d'Athalie, mais à une vie plus exigeante et moins frivole, plus précisément en relisant *Bérénice*.

> Pour jamais ! Ah ! Seigneur, songez-vous en vous-même
> Combien ce mot cruel est affreux quand on aime ?
> Dans un mois, dans un an, comment souffrirons-nous,
> Seigneur, que tant de mers me séparent de vous ?
> Que le jour recommence et que le jour finisse
> Sans que jamais Titus puisse voir Bérénice,
> Sans que de tout le jour je puisse voir Titus ?

Au regard d'un tel déchirement et d'une pareille pudeur, j'ai eu honte de mes entreprises. Nous devrions plus souvent ouvrir nos classiques. Soit ils nous recouvriraient d'ennui et nous refermerions leurs ouvrages, soit ils nous détourneraient d'une vie immédiate dans laquelle nous nous complaisions.

Un armistice sous conditions

J'avais le tort de ne pas être tout à fait clair. Mon amie du moment pouvait croire à un amour éternel et d'ailleurs en ce temps-là un être n'acceptait pas de bon cœur que l'on mette fin à une liaison. Alors, en pareille circonstance, nous décidions d'un commun accord d'éviter la possibilité de pénibles rencontres. Il importait que chacun d'entre nous délimite son espace. Des restaurants, des cinémas, des squares qui nous étaient familiers échoyaient à l'un ou à l'autre. Comme nous aimions vagabonder de-ci de-là dans toute la capitale, un partage indiscutable comme celui de Yalta s'avérait malaisé. Comment procéder ? A toi les restaurants italiens, à moi les japonais, les thaïlandais et les russes. Aucun de nous deux n'acceptait de renoncer absolument à une cuisine dont nous étions également friands. Sous aucun prétexte, je ne me serais privé de lasagnes au four.

Les discussions étaient serrées. Nous eûmes la sagesse de ne pas nous distribuer des lignes de métro aussi convoitées que la 1 ou la 2. Pour me moquer, je proposais que reviennent à l'un les wagons pairs et à l'autre les impairs, qu'à la station Châtelet l'un emprunte la gauche et l'autre la droite. L'absurdité de la proposition nous dérida, mais ne facilita pas la poursuite des négociations. Je n'ai plus eu droit à la piscine

Molitor. Aucun regret de ma part : elle n'était plus la première et la seule plage de Paris. Martine m'abandonna – un marché de dupes – l'île Seguin, puisque « tu accordes du prix à la mémoire ouvrière ». Pris d'une subite ferveur religieuse, nous tenions tous deux à Notre-Dame : en fait, elle constituait une tête de pont dans le quartier Latin. Il n'était pas question d'attribuer le Luxembourg. Il comportait assez de bosquets, de statues, de contre-allées pour nous éviter. Je résisterais à la tentation de me cacher derrière un bosquet pour épier d'éventuels abandons de Martine.

Tout cela n'était pas bien simple, mais se compliqua singulièrement à la suite de nouvelles ruptures. Par bonheur, je possédais une bonne mémoire. Je fonctionnais grâce à un atlas mental composé de lignes vertes, jaunes, bleues, eu égard aux anciennes amies qu'il était de mon devoir d'éviter. Ce jeu avec l'espace aurait pu passer pour un divertissement. Il m'épuisait. En outre, le territoire qui m'était imparti avait pris des dimensions ridicules. Je pensais aux Français qui, au moment de la débâcle de 1940, s'étaient repliés sur le réduit breton. Paris que je chérissais, que j'aimais respirer, arpenter librement m'était en quelque sorte interdit. Il me restait le XIXe, le XXe arrondissement : Belleville, le Père-Lachaise, la porte des Lilas. Cela ne manquait pas de gueule, mais nul café, nulle façade, nul square ne m'y attendait et si j'y avais à déchirer une nouvelle aventure, je perdrais le dernier lambeau d'un territoire autrefois immense. Alors abandonner la capitale, habiter Marseille ou Lyon et pour préserver l'intégrité de ma nouvelle vie, demeurer sage, absolument sage.

Les provinciales

Je n'étais pas de la race de ces don juan qui, les fiérots, s'enorgueillissent de leurs conquêtes. D'ailleurs le Don Juan présumé, le premier de l'espèce, me semblait plutôt ridicule. Il ne reconnaissait pas sa femme cachée par un voile. Il s'en prenait à quelques paysannes plutôt niaises. Une tempête l'empêchait de mener à bien l'une de ses entreprises. Il fuyait, tel un lapin, devant le danger. Il n'y avait pas là de quoi se vanter. Que pouvait signifier séduire, être séduit, comme si le premier avait pour lui l'initiative, l'imagination et le second la docilité, la naïveté, la résignation. Par bonheur, le second prenait souvent sa revanche sous les yeux éberlués du premier. Être en capacité d'être séduit dans un tel duel loyal, cela signifiait de la sensibilité, le goût de l'aperture (être capable de vibrer, de chanter à l'unisson dans un registre encore inconnu).

Nos motivations étaient d'un ordre plus noble. La personne, mais dans tout son être et dans sa vie antérieure, son enfance, m'intéressait. D'où venait-elle ? Et surtout quels étaient les lieux qu'elle habitait et qui composaient l'ordinaire de son existence ? Je tenais à raccompagner à son domicile celle qui m'avait regardé d'un œil bienveillant et que je devais persuader de l'étrangeté de ma demande ; les questions à mon encontre fusaient : « Tu ne veux donc pas me recevoir chez toi. A cause d'une femme avec qui tu loges ? Par peur du qu'en-dira-t-on ? » Il m'est arrivé de perdre ainsi celle qui m'était acquise.

Celles qui accédaient à ma prière suffisaient à satisfaire ma curiosité illégitime et ainsi ma connaissance de Paris s'est étendue. Tous les arrondissements pour peu qu'on les examine d'un regard attentif possèdent leur singularité. Disons cependant que le XIe me devint plus familier que le XVIe. J'ai dû écarter le quartier Latin trop habituel.

Les provinciales de passage à Paris me comblaient. Je me promettais de leur rendre visite chez elles, et je tenais mes promesses. Déconcerté, intimidé quand Éliane me reçut chez son père notaire à Saumur, je fus invité à sa table avec le cérémonial d'un grand banquier, de surcroît humaniste et frotté à la littérature, à la bonne littérature. Nous fîmes chambre à part. Quand j'ai déjeuné le matin, le notaire vaquait déjà à ses affaires. J'ai poussé jusqu'à Séverac le château (qui n'est pas Séverac la gare). Après un long voyage, exténué et peu à mon avantage, le car m'a déposé sur la place du château. J'ai craint d'abuser les parents de Laurence, des gens simples et qui déjà préparaient dans leur esprit notre futur mariage (la mère m'exposa le trousseau chiffré de sa fille). Une demoiselle se moqua de moi. Elle m'avait communiqué une fausse adresse. Je dus me montrer ridicule, tandis que je poursuivais dans les rues de Tarbes mes investigations. Pourquoi m'avoir posé ce lapin et s'être ainsi jouée de moi. L'avais-je vexée ? Quelle leçon voulait-elle me donner ?

La France, sa capitale sont immenses et il n'y avait pas de raison plausible d'interrompre cette exploration plaisante et peu coûteuse, dans la mesure où j'étais reçu et où je m'acquittais de quelques cadeaux. Je n'ai pas cédé à la fatigue mais les circonstances n'ont plus favorisé mes périples. Quelques-unes de mes conquêtes se montraient trop expéditives : la couchette de leur automobile, le porche d'un immeuble (que le lecteur se rassure, c'étaient d'honnêtes filles, trop modernes, et non des prostituées). Le voyage espéré s'achevait avant d'avoir été entrepris. D'autres hésitèrent à m'ouvrir (non point leur cœur, mais leur appartement). La presse faisait état de tueurs en série. Avais-je donc la tête d'un *serial killer* ? D'autres encore habitaient le périurbain au milieu d'ensembles d'une morosité désespérante. Je ne me croyais pas destiné à devenir un visiteur de F2, de F3, de groupe C ou E. Je m'étonnais que ma ravissante eût su conserver une personnalité singulière en coexistant, en cohabitant avec autant de banalité. Des âmes fortes, j'imagine, auxquelles je rends hommage.

La province me fut interdite pour d'autres raisons. Les demoiselles de la France profonde n'entendaient pas poursuivre notre aventure au-delà d'une soirée. Néanmoins nous étions convenus d'un rendez-vous, j'accostais un immeuble banal semblable à tous les immeubles de la même génération. Ce n'était plus Blois ou Bergerac ou Nantes, mais leurs alentours plus ou moins cossus. Je me permettais parfois de proposer des retrouvailles plus longues. J'aurais aimé avec l'élue vagabonder dans un territoire qui leur était familier et qu'elles auraient eu plaisir à me dévoiler. Le Périgord, la Loire, la Savoie, elles en avaient leur claque. Il leur fallait l'Asie, le Pacifique, les États-Unis ou plus modestement la Méditerranée.

Un interdit de séjour, si séjourner c'est être accueilli, guidé. J'en ai fini avec mon éducation sentimentale, ou pour être plus juste, avec mon éducation géographique.

J'avais la haine

Je me comparais à un chien. J'avais la haine entre les dents. J'étais comme un molosse qui ne peut plus lâcher le bras qu'il tient dans sa gueule. Et pourtant, haïr m'a toujours paru ignoble. Ainsi les peuples des Balkans qui accumulent les charniers, assassinent femmes et enfants, usent de représailles qui n'ont pas de fin. Les guerres coloniales, les conflits ancestraux. Des parents multiplient les sévices sur leurs enfants dont ils n'entendent pas les supplications, et un fils qui a été élevé avec quelque rudesse, mais avec amour, ne rend pas visite à son père hémiplégique, et quand il s'approche de son lit de misère, il lui crache son ressentiment. Certaines haines – a-t-on prétendu – comme celles d'un homme qui venge l'honneur d'une nation ou d'une minorité opprimée subliment un visage. Ce serait la beauté d'une Électre rebelle et intraitable, sur le point de donner la mort à un parâtre qui l'a méritée mille fois. Pour ma part, j'ai ressenti l'expérience inverse : un visage gracieux défiguré par les rictus de la haine et les yeux deviennent des globes exorbités et les traits se durcissent et la bouche bave de rage.

Une femme trompée par son mari le dénonça auprès de la Gestapo : il mourut dans un camp de concentration. La femme ainsi libérée s'afficha avec des officiers nazis et transmit à la mère du malheureux des photos de ses liaisons successives. Haïr, n'est-ce pas fixer ses pensées sur un objet déterminé ? Et une telle obsession nous détourne de la beauté infinie, mouvante du monde. Quel gâchis !

A la campagne, suite à une querelle confuse, les familles se transmettent d'une génération à une autre leur haine et, sur leur lit de mort, chuchotent : « Petit, mon enfant, prends soin des champs, entretiens le foyer, ne vends jamais la bonnetière, mais surtout n'oublie jamais de haïr nos voisins, de cracher sur leur passage, d'assécher leur source. »

Voilà comment je raisonnais et à quel point j'avais la haine de la haine. Cela ne m'empêchait pas d'avoir la haine, non point à l'égard d'une personne, d'une famille – ce qui n'est pas trop grave car une fois la personne disparue (il est vrai qu'elle peut vivre longuement), ce vilain sentiment s'évanouira, tu redeviendras un homme libre, tu pourras te soucier des gens que tu aimes – non point cette haine ordinaire et si répandue, mais celle de l'humanité tout entière. On voit mal comment, même à la suite d'une catastrophe cosmique, cette dernière pouvait cesser d'encombrer la terre et d'entretenir ma hargne.

J'en voulais à mes semblables tout simplement d'être heureux, comme si le spectacle de leur bonheur avait quelque chose d'indécent, donc d'insupportable ; comme s'ils avaient accaparé à mon détriment le lot commun des joies naturelles et surnaturelles.

En conséquence, j'acquittais les misérables, les sans-papiers, les va-nu-pieds, les pauvres types, les cocus, les paraplégiques (encore que certains affichent parfois un air de contentement) – ce qui n'est pas peu de chose. En revanche, mon cœur s'est exaspéré à la vue des riches qui jamais ne pensèrent à l'origine de leur richesse et à la précarité de ceux qu'ils exploitent. J'aurais dû fourbir mes armes à leur encontre, leur piquer leurs femmes, leurs diams, ravir leur progéniture, saccager leur béatitude. J'en ai eu le projet, je ne l'ai jamais exécuté. Il n'est pas facile d'approcher ces gens-là. Ils sont protégés par des gardes efficaces, ils vous reniflent à bon escient, ils repèrent le pauvre type et le font jeter de leur palais *manu militari.*

Mais il y avait les autres, tous les autres et ils étaient nombreux. Ils coulaient des jours heureux, allongés sur leur canapé en cuir ou en similicuir, expédiant au loin une balle pour que leur chien la leur rapporte, riant aux vagues tandis qu'ils tenaient les menottes de leur enfant, réjouis que les ponts du mois de mai leur soient, cette année, favorables, s'éveillant de bonne humeur grâce à un peu de gymnastique et un petit déjeuner copieux (c'était déjà plus difficile car il ne leur était pas permis d'arriver en retard à leur bureau), motivés au travail grâce à un directeur des ressources humaines intelligent, délivrés de leurs vieux parents qu'ils avaient relégués dans une maison de retraite.

Il me suffisait de convoquer de telles images pour leur en vouloir de ne pas être comme moi. Mais pourquoi cette hargne que rien ne semblait justifier ? Mes parents m'avaient accordé la tendresse que j'étais en droit d'attendre d'eux. Nul adulte n'avait abusé de ma candeur infantile. Mes camarades ou des inconnus ne se retournaient pas en ricanant sur mon passage.

J'avais toujours passé sans difficulté les rencontres d'un tournoi de tennis.

Malgré un bilan somme toute satisfaisant, j'avais la haine ; davantage, j'étais toute haine comme d'autres sont toute tendresse. Pour être exact, je ne tirais pas de plaisir de la souffrance d'autrui. Il me fallait troubler leur bonheur et j'avais trouvé le moyen de satisfaire ce besoin malsain : je savais plaire. Je courtisais de jeunes femmes que je destinais au sacrifice. Car après m'être montré prévenant, attentif, après avoir laissé espérer une entente harmonieuse qui n'en finirait pas de sitôt, je multipliais les coups de griffes, les réflexions désobligeantes, les moments de froideur. J'étais comblé lorsque les traits de la bien-aimée viraient au gris et que son regard se brouillait. Je ne sollicite pas l'indulgence car je me révélais calculateur dans le choix de mes victimes. Il convenait qu'elles soient fragiles. Mon scénario se serait effondré si j'avais eu affaire à une femme en colère qui m'eût envoyé au diable et qui, après un intermède déplaisant, aurait mordu à nouveau à la vie.

Je jouissais de deux autres plaisirs qui mettent en lumière ma perversité. Je souhaitais, d'une part, qu'elles aient des parents bienveillants, attachés au bonheur de leur fille et c'est leur sérénité que je saccageais, davantage que celle de leur fille. D'autre part, je m'admirais d'endosser avec une telle habileté deux rôles dissemblables : celui d'un être charmeur, bien sous tous rapports, susceptible d'enjôler les plus délicates – puis celui d'un mufle, disons-le, d'un parfait salaud. Si je n'avais pas su plaire à ce point, les meurtrissures auraient été moins vives. Quel artiste j'étais !

La haine a disparu avec pas plus de raison qu'elle n'avait eu à donner pour apparaître. Les gens étaient pour la plupart heureux. Et alors, à quoi bon leur en vouloir ! C'était leur affaire. Étaient-ils d'ailleurs aussi heureux qu'ils le prétendaient ? Dès lors, je n'avais plus à plaire pour m'introduire dans leur existence et abîmer leur destinée, pas plus qu'un cambrioleur devenu insensible à l'argent ne prend la peine de visiter la maison des particuliers ou les banques. J'avance une autre hypothèse, moins claire et peut-être plus juste à mon retournement. La haine nous mobilise, nous épuise tout comme un grand amour. J'étais à bout de souffle.

Je vis aujourd'hui dans la peur d'être puni pour mes atrocités passées. J'ai rencontré des hommes poussant sur un fauteuil des malheureux dont ils ont, par leur imprudence sur la route, provoqué la paralysie. Et si d'aventure je prenais conscience des misères que j'ai entraînées, si, dans un désir de réparation, je poussais à mon tour et à ma façon les innombrables fauteuils roulants de mes victimes ?

La liste de Sansot

Je ne savais que faire d'elle. J'avais beau la remuer en tout sens, la réprimander, la cajoler, la vie n'en faisait qu'à sa tête et ne me donnait pas satisfaction. Je l'ai promenée sous les climats les plus sereins, je l'ai gorgée de cocktails exotiques. Nous avons vagabondé en agréable compagnie. Je l'ai menacée du divorce et je ne me suis pas séparé d'elle. Tout ceci en vain. J'en ai conclu que la vie était la pire des choses qui puisse m'arriver, plus indocile, plus ingrate qu'un enfant rebelle.

Désormais je m'occuperai un peu moins d'elle. Je ne la pavanerai pas comme si elle était un objet de prix. Je ne chercherai plus à la séduire. Je me soucierai des autres et j'ai dressé une liste de toutes les bonnes actions qui me la feront oublier. Elle me suivra ou non, peu m'importe.

Je me devais d'accomplir d'autres tâches plus nobles et moins ambiguës que faire des ronds de jambe et tourner le madrigal. Rendre visite à des malades réduits à la solitude et au désespoir, corriger les manquements à notre belle langue française, lutter aux côtés de ceux qui veulent instaurer une société plus équitable, ouvrir ma porte à une femme qu'un mari jaloux menace de sa colère, aider les aveugles à traverser la rue, céder mon rang à des personnes âgées qui comme moi attendent devant un guichet de la poste, égayer de mes grimaces un enfant rempli de pensées d'orphelin, procurer des papiers à ceux qui en manquent et un logement à ceux qui vivent dans un taudis, montrer à un gamin rebelle et peu studieux les agréments de l'histoire ancienne ou de la trigonométrie... Bref, aider Dieu à accomplir une tâche dont il ne peut pas s'acquitter à lui seul.

Cette liste n'est pas limitative et aussi bien, je ne me sens pas obligé de souscrire à toutes les actions que j'ai énumérées. Ainsi, sans doute, ne me remettrai-je pas à la trigonométrie pour aider un jeune homme et ne céderai-je pas ma place dans la file d'attente d'une poste surchauffée. En revanche, s'il le faut, je défendrai la cause d'un cours d'eau de mon canton que l'on veut remblayer et où autrefois je pêchais des écrevisses.

Une liste m'est toujours utile. Quand je l'égare dans un supermarché, j'oublie toujours deux ou trois articles. Celle-là est assez riche pour me permettre de traverser la vie dans des conditions plutôt agréables.

Dieu n'est pas un séducteur

Enfant, puis adolescent, je fus davantage sensible aux images pieuses et à la douceur de l'Évangile qu'à la parole souvent terrible de Yahvé. J'aurais aimé me joindre à la bande des douze copains (les apôtres) distribuant à satiété des pains, s'exclamant à la vue d'un aveugle ayant recouvré la vue, se réveillant en ronchonnant d'un fossé où ils avaient passé la nuit, bambochant puis se serrant la ceinture, faisant mine d'abandonner leur guide pour l'inquiéter, discutant de leur métier antérieur : la charpente ou la pêche ou le recouvrement des impôts, prenant rarement le temps d'envoyer une carte postale à ceux qu'ils avaient abandonnés, se demandant parfois comment cela se terminerait, car les plus belles histoires ont toujours une fin et on ne fréquente pas sans risque le Fils de Dieu.

La religion me paraissait toute confite en onction, en dévotion et en séduction. L'onction matérielle d'un prêtre, mieux d'un évêque, encore mieux d'un cardinal, c'était une façon de nous enduire, de nous séduire, de briser nos bien faibles mouvements de résistance. Et de notre côté, nos chants de louange, nos *Regina cœli,* nos *Tantum ergo,* c'était le désir d'amollir le divin, de l'assurer que le mal était ailleurs, bien loin de l'intempérance de nos chairs et de nos esprits. Dieu, s'il l'avait voulu, aurait pu se dispenser de multiplier ses calins : il aurait pu nous mener à la baguette et cette pensée augmentait notre reconnaissance et nos effusions.

Dieu faisait danser sur ses genoux le bambin que j'étais. Un peu gaga ou d'une bonté surnaturelle, il lui suffisait que je marche droit devant moi sans trop salir mes vêtements du dimanche, que je couvre de pétales la procession du Saint-Sacrement. Quand Dieu se reprenait et cédait à un légitime sentiment de justice, j'avais recours à la Sainte Vierge elle-même, toute tendresse, bleu tendresse, susceptible de pleurer avec l'enfant qui avait désobéi. Son regard immaculé me faisait fondre de bonheur. Dans les scènes de désolation, de consolation, qui pleure et qui est pleuré ? Une immense tristesse nous confondait de part et d'autre.

Mon âme n'était pas aussi claire qu'une chapelle au clair de lune. La vue de certains tableaux et la lecture de certains textes mystiques, les images, les paroles des ravis me troublèrent jusqu'au vertige et jusqu'à partager leur extase. J'eus l'impression d'assister à des scènes dont je n'aurais pas dû être le témoin.

La vie religieuse connaissait quelque relâche au moment de ce que l'on nommait une retraite. L'on ne nous expédiait pas dans le désert, aux confins du monde. Nous ne quittions pas l'institution, mais l'existence prenait une autre tournure : plus de cours, plus d'étude puisque les pères nous voulaient disponibles à la bonne parole. Elle nous était dispensée par un père venu d'ailleurs, souvent des colonies, la barbe et une soutane blanche étaient de rigueur. Ses yeux ardents attestaient sa conviction et qu'il avait vu ailleurs des choses surprenantes, sous un soleil troublant, au rythme des tam-tams. Il usait d'une dialectique non négligeable et qui exigeait vigilance de la part des gamins que nous étions encore.

Nous avions droit à de meilleurs repas, nous pouvions nous promener tard dans la cour à l'arrivée des beaux jours. La retraite se terminait par une profession de foi solennelle. Je regrettais ces quelques jours pendant lesquels nous avions délaissé nos livres, nos études, nos devoirs. Nous avions pérégriné en compagnie d'un étrange pasteur. Il avait communiqué son exaltation à quelques-uns de nos camarades qui jamais ne reviendraient tout à fait parmi nous : certains s'enrôlèrent aussitôt et déclarèrent à leurs parents : « Plus tard, je serai prêtre. »

Ma cohabitation avec Dieu se serait passée de la manière la plus agréable qui soit si je n'avais pas eu chaque semaine à me soumettre à l'épreuve de la confession. Dans une pareille circonstance, il ne suffisait pas de lui plaire en lui susurrant des compliments fades comme un bonbon à la praline. Il me fallait présenter l'image d'un juste ou du moins solliciter son indulgence puis obtenir mon acquittement. Quand je fais allusion à cette cérémonie (à ce sacrement), j'associe aussitôt l'image du confessionnal, situé, relégué dans la pénombre de l'église, à l'écart des grandes orgues, de l'hôtel, du Saint-Sacrement, de la porte centrale que la liturgie empruntait lors des fêtes majeures. Nous étions toujours deux coupables, l'un à gauche, l'autre à droite du prêtre, sans doute pour rééquilibrer le poids de nos fautes respectives – car sans cela, le monument aurait chaviré. Nous étions destinés à attendre que l'autre pénitent ait avoué ses fautes. Puis d'un bruit sec, le bas du guichet se levait et nous apercevions confusément, à travers le grillage, la silhouette.

Si j'évoque ces détails, c'est pour que le lecteur se pénètre de ce que ce tribunal avait d'intimidant et pour qu'il mesure l'enjeu du verdict : non point l'acquisition d'un parchemin, d'une automobile, d'un trésor, d'un amour terrestre mais celle du Paradis et de la Béatitude, non point être l'élu d'un jury incertain mais celui de Dieu. De surcroît, il arrivait que nous ayons déjà attendu au milieu des autres pénitents. Et nous avions eu le temps de ressasser nos péchés, d'élaborer une défense crédible. Tout avouer c'eût été pénible, si nous avions fauté gravement. Escamoter nos péchés les plus graves eût réduit à néant la procédure. L'ombre ne facilitait pas notre recours en grâce. Certes nous nous dissimulions dans la demi-obscurité, mais elle nous cachait un visage qui, mieux éclairé, nous aurait aidé à infléchir notre défense.

Je me permettais de vérifier les calculs du père. Il n'est pas facile d'additionner des péchés mortels et des péchés véniels d'un ordre différent puis de les convertir en *Ave Maria* et en *Pater Noster.* Sans être initié aux jeux de la Bourse, je n'étais pas sans savoir que le change connaît de sérieuses fluctuations. Il m'est arrivé de relever quelques erreurs. Je ne m'en suis pas ouvert à l'aumônier que je ne reverrai plus d'une semaine et qui aurait alors oublié la facture.

Les confessions où je n'avais rien à déclarer n'étaient pas les moins pénibles. Comment tenir la conversation en ayant si peu de grain à moudre ? Il fallait bien que, malgré moi, j'aie oublié telle ou telle action blâmable. Après quelques balbutiements, je me décidais à inventer des fautes possibles. De quoi me réjouir puisque j'avais tout avoué, même ce que je n'avais pas commis, de quoi m'effrayer : n'avais-je pas abusé de la confiance du père ? Et alors c'étaient quelques années de purgatoire assurées.

Plaire ou plutôt complaire, cela évoque pour la plupart d'entre nous le badinage, des gestes élégants, un sourire charmeur. En l'occurrence, cette stratégie fut liée à la confession, donc à une manœuvre de survie pathétique, souvent angoissante.

Dieu n'était pas, ne pouvait pas être un séducteur. Il m'a fallu beaucoup d'années pour céder à une telle évidence. Parce que je confondais Dieu et la religion, Dieu et ceux qui prétendaient le représenter. S'il avait été le séducteur, quelle place aurait-il réservée à un Satan devenu inutile et peut-on, dans un monde bien fait, c'est-à-dire symétrique, penser un univers où ne figurerait pas le prince des ténèbres ?

Dieu était tout-puissant. Il n'avait que faire d'une arme réservée aux faibles et aux lâches. Pouvait-il avoir l'idée de transgresser des limites qu'il a lui-même fixées et nous engager dans des voies perverses, lui qui a tant de peine à maintenir les hommes dans le droit chemin ?

Il était éternel et la séduction l'aurait abaissé dans le cours d'une durée où l'on attend, où l'on fourbit les instruments de la séduction ? S'il avait décidé de prendre parti, son action aurait été concomitante à sa décision et il n'aurait pas vagabondé dans les méandres de l'aventure séductrice.

Était-il même séduisant – ce qui laisse entendre non seulement que l'on est digne d'être aimé mais que l'on désire l'être, perdant ainsi sa fascinante et singulière complétude.

Je ne croyais pas à une telle complétude. J'entrepris un face-à-face avec ce Dieu que l'on disait terrible, intimidant, coléreux, lointain. Il ne m'a pas intimidé. Je l'ai parfois laissé exprimer à tue-tête et à coups de tonnerre son irritation. Ma résistance lui a fait comprendre que j'étais un interlocuteur valable. Je me suis permis de me montrer impertinent : « L'éternité ne lui pesait-elle pas ? » Il m'a semblé qu'il attendait avec impatience nos rencontres. Et pour exaspérer son attente, j'arrivais en retard (mais qu'est-ce qu'une heure au regard de l'éternité !). Puisque j'osais affronter un être si puissant, j'ai su que je ne devais plus redouter des moins valides que lui, non plus les cajoler, les séduire mais leur parler de souverain à souverain.

Il n'empêche que je cède parfois à la nostalgie de cette période où j'arpentais, au milieu des vierges, un chemin jonché de pétales qu'un zéphir venu de Jérusalem rafraîchissait.

Mais quoi, c'est elles qui osaient se pâmer ainsi en ma présence et qui me poursuivent encore. Quand je pénètre dans une église déserte en cet après-midi de mai, je crois encore respirer l'encens et l'image des vierges suppliciées et le visage de celles qui s'abîment voluptueusement dans la repentance. Une fois les portes du temple refermées, je ne reprends pas de sitôt mes esprits. Si une personne prend place sur un divan de mon salon, je redoute qu'elle ne s'y renverse et qu'elle ne s'y abîme en ma présence. Dans les cernes d'une visiteuse et parfois d'une jeune parente, il me semble percevoir les affres d'un ravissement encore présent.

J'ai vieilli. Je me suis pénétré de Descartes, du père Malebranche, de Spinoza, de Kant et j'ai adhéré à une autre idée de Dieu. Tandis que je perdais ma candeur d'enfant, de son côté Il perdait sa barbe, son large front et même toute apparence physique. Un être dépourvu à ce point d'apparence peut-il séduire ? J'ai opéré une mise au point nécessaire.

Une ode au Maréchal

Je me suis trompé d'époque et cela est grave. Un voyageur égaré peut retrouver son pays natal mais comment passer d'un siècle à un autre lorsqu'on s'est fourvoyé dans le cours de l'histoire ? Mon oncle Aurélien avait l'art de me raconter les fastes d'une société hypocrite, faussement puritaine, prompte à condamner les insoumises et néanmoins tourmentées par la chair : « Le soupçon, me disait-il, pesait sur des divorcées car enfin, elles avaient été mariées et elles ne l'étaient plus. Où donc les situer et comment ne pas redouter leur expérience, leur désir de prendre une revanche sur la vie ? D'une femme, on disait parfois qu'elle était “folle de son corps”, un corps devenu son unique préoccupation ; “chancelante” de désir – qui oserait aujourd'hui user d'une telle expression, même dans un photo-roman populaire ! Par l'effet du désir, ces femmes-là ruisselaient, elles perdaient pied dans un océan de désir et qui n'y prenait pas garde risquait d'être submergé par l'une des ondes que son corps propageait.

« Il existait des demi-vierges (il est tellement prosaïque et abject d'user d'un système binaire pour affirmer : “elles couchent ou elles ne couchent pas”). Cette précieuse virginité, elles avaient été à un doigt, à deux doigts de la perdre. Sachant s'offrir pour se dérober, elles étaient pour certaines des garces pourvues d'un inquiétant *self-control*. Et les demimondaines ? Ce n'étaient pas des prostituées mais quelles étaient leurs ressources ? Comment étaient-elles parvenues à fréquenter le monde, disons le beau monde ? Leur esprit ? leur entregent ? leur superbe ? leur savoir-faire en matière de caresse ? »

J'avais l'habitude de rendre souvent visite à mon oncle. Il aimait se raconter et mon attention l'encourageait à déployer tout son talent et à susciter mes rêveries : « Autrefois – mais il n'était pas tout à fait dupe de cet autrefois – l'ordre moral nous tyrannisait et c'est pourquoi une aventure amoureuse demeurait incertaine quels que fussent nos mérites et notre application et notre savoir-faire. Nous pouvions nous confronter à une personne d'une moralité intransigeante et d'un caractère trempé. Nous ne désespérions pas pour autant : malgré ou à cause du carcan de la censure, l'Austère, la Sévère, l'Irréprochable demoiselle débordait peut-être de désirs inavoués, d'un formidable réservoir d'énergies érotiques.

« La période de Vichy, celle du maréchal Pétain que je persiste dans ces conditions à nommer la belle époque malgré ses errements, exalta une telle duplicité. Le Maréchal nous demandait de faire triompher "l'esprit de sacrifice sur l'esprit de jouissance" alors que tous deux menaient ensemble un carrousel d'enfer. Le premier constituait un paréo commode pour se livrer à toutes sortes de turpitudes. Un homme, en proclamant les vertus de la noblesse, de l'altruisme se livrait, s'il en avait l'intention, à des manœuvres condamnables sans éveiller le soupçon.

Lorsque sa culpabilité effleurait les esprits, on pardonnait vite ses instants d'égarement : à force d'abnégation, il en avait perdu la maîtrise de ses sens, la notion précise du bien et du mal. Des responsables de la jeunesse, des aumôniers, des notables, des commissaires du scoutisme, des chefs de la Légion s'en donnèrent à cœur joie en toute impunité : aujourd'hui, ils encourraient le risque d'un procès et d'une condamnation.

« Les séducteurs bénéficiaient en cette période de conditions favorables, il ne faut pas croire pour autant que c'était une chose extrêmement facile. Pour passer de l'esprit de sacrifice à l'esprit de jouissance, il fallait du doigté, que le premier se mêle au second sans donner l'alerte, que la main qui bénissait, qui flattait caresse peu à peu les fesses ou les seins, qu'il y ait encore de l'onction dans des gestes qui apparaissaient peu à peu sous un jour moins équivoque. »

J'avais fatigué l'oncle Aurélien par mon écoute attentive. Il mit fin à notre entretien par une remarque inopinée : « J'observe aujourd'hui des jeunes femmes qui n'ont jamais mis de souliers à talons hauts et qui n'ont jamais porté que des collants. » J'ai gardé le silence et compati à l'immense tristesse d'Aurélien.

J'ai voulu savoir le jeudi suivant de quelle manière mon oncle s'était introduit dans les coulisses de la société : « Après avoir été heureux à la Bourse et fait fortune, j'ai été admis dans un étrange méli-mélo dont les ressorts m'avaient autrefois échappé. Ce petit monde rapprochait d'anciens champions de boxe, des critiques de journaux, des écrivains à la mode, des hommes influents et des gens de la finance, des beaux garçons, des héros de l'aviation, des manteaux de fourrure, des voitures de maître. Ils tournoyaient avec élégance alors que j'étais pris de vertige. J'ai renoncé à les fréquenter et j'ai ainsi préservé une bonne partie de mon capital – ce qui, mon cher neveu, te laisse entrevoir à mon décès de belles espérances. De tels cercles me paraissent aujourd'hui improbables. Les gens du spectacle, les écrivains, les promoteurs, les médecins préfèrent vivre entre eux en vase clos. »

Je revenais à la charge et Aurélien se livrait à moi davantage : « Toute aventure apparaissait incertaine et une telle incertitude la rendait excitante. Il existait de jeunes femmes à la chair faible mais à l'esprit rigoureux et d'autres à la chair exempte de complaisance et à l'esprit – disaient-elles – libéré. Qui croire de l'esprit ou de la chair ? L'indécision apportait du piment à l'aventure. Au dernier instant, l'esprit reprenait le contrôle d'une chair disposée à faillir ou à l'inverse un esprit prêt au compromis n'arrivait pas à convaincre une chair parcourue par un dégoût trop vif. Le plus averti des séducteurs était en passe de se tromper. Au cours d'une danse, une jeune fille avait senti poindre sur son ventre le sexe de son danseur et par une ondulation de son corps, elle avait encouragé la crue de l'éminence. Lorsque tous deux avaient quitté le salon de la danse, le cavalier avait posé d'un geste amical ses mains sur l'épaule de la belle qui l'avait repoussé et qui s'était exclamée en colère : “Que vous arrive-t-il ? mais vous n'y pensez pas !” Hélas, il y penserait tout au long d'une obsession et d'un manque de plus en plus douloureux.

« Les amateurs d'aventures – mais s'agissait-il de véritables manœuvres de séduction ? – bénéficiaient de quelques lieux propices : les thés dansants de la Coupole, le lundi après-midi, les soirées du vendredi à l'Eldorado et dans une moindre mesure certaines matinées de Mimi Pinson. Il était notoire que ces établissements étaient fréquentés par des femmes divorcées ou volages. L'imagination des danseurs gambergeait quelques heures avant d'inviter une cavalière pour un tango. La plupart de ces messieurs soignaient à l'extrême et plus qu'il ne convenait leur image de séducteur : la moustache fine, les cheveux gominés, des mocassins en cuir extra, des bracelets. Ainsi parés, ils se croyaient irrésistibles. D'autres plus discrets ou qui en principe auraient dû se rendre à un bureau, endossaient l'allure d'hommes quelconques. Ils espéraient que dans le clair-obscur du dancing, des danseuses ne s'apercevraient pas d'une normalité incongrue en un tel lieu ou bien, s'ils s'étaient vêtus d'un costume de gigolo, ils le conservaient pour placer un contrat d'assurance ou relever les compteurs de gaz et, ainsi pommadés, lustrés, ils obtenaient parfois auprès d'une cliente une bonne fortune qui leur avait été refusée à l'Eldorado. »

A cette dernière évocation, les yeux de l'oncle brillèrent d'égrillardise, soit parce qu'il évoquait l'une de ses propres aventures, soit parce qu'il était heureux d'en avoir inventé une bien bonne.

Je succombais trop vite aux propos enchanteurs de mon oncle. Un certain jeudi de novembre, j'ai décidé de lui résister, lui faisant valoir qu'aujourd'hui les jeux se répartissaient d'une façon plus équitable. Il n'y a plus lieu de promettre le mariage pour vaincre les scrupules d'un cœur naïf. Les deux pôles du séducteur et du séduit ont perdu de la netteté. Chacun, dans l'affrontement, prend l'initiative sans que l'on puisse parler d'un bourreau et d'une victime. Chacun s'avance à armes égales.

L'oncle remit les choses au point : « Je suis flatté d'avoir un neveu aussi épris de justice et désireux de réparer les incartades de son oncle. Nos danseuses de l'Eldorado ou de la Coupole n'étaient pas des oies blanches. Quant à ces dernières, ne choisissaient-elles pas leur qualité de victime, préférant parfois un mauvais garçon à un jeune homme honnête et prévenant ? Cela dit, il a existé d'authentiques salopards. Ils se vantaient partout d'être des déflorateurs de première. Ils comptabilisaient leurs dépucelages. Ils laisseraient à d'autres une viande avariée, corrompue, s'en allant à la recherche d'autres exploits. Je pardonne la cruauté lorsqu'elle n'est pas aussi basse que ces infâmes boucheries qui n'avaient pas la beauté d'une mise à mort rituelle.

« Pour que la morale soit sauve, il aurait fallu qu'un jour ils aiment et souffrent à leur tour. La plupart, hélas pour l'équité, géraient leur existence d'une manière horrible dans sa ration alitée. Habiles dépuceleurs dans leurs jeunes années, puis rangés, maris convenables, excellents pères de famille. »

Aurélien demeura pensif : songeait-il à l'un des membres de notre famille ? Je n'aimais guère Bernard. Après avoir connu de multiples aventures, il se permettait de me faire la leçon et il ne m'avait pas reçu à l'occasion du baptême d'un de ses enfants parce que je vivais avec une jeune fille que j'aimais sans avoir été marié avec elle. Je haïssais cette forme de jouisseurs, capables de jouir du vice comme de la vertu et de bénir de leurs mains de fripouille toute leur maisonnée.

Quoi qu'il en soit de cette manière délurée d'aborder les femmes aujourd'hui éteinte, j'ai renoncé. Je ne veux pas prendre le risque d'entreprendre une jeune femme qui n'aurait jamais porté de souliers à talons hauts et qui n'aurait jamais mis que des collants.

Je fatigue énormément

Je suis encore jeune et néanmoins depuis quelques mois je fatigue énormément. Je ne me désintéresse pas tout à fait d'une action en cours mais je dépense vite toute mon énergie et il me faut renoncer. Un tel accablement se produit parfois à l'occasion de tâches, semble-t-il, faciles. Dans un supermarché, j'ai recherché et repéré les produits désirés. Il m'en reste quelques-uns à choisir. Ma fatigue est telle que je me présente à la caisse sans eux et que je dois revenir le lendemain à la charge. Au cours d'un repas copieux, les hors-d'œuvre avalés, je n'ai plus la force de faire honneur au plat de résistance que je savoure des yeux. Mes mains se refusent à le porter à ma bouche. Afin de ne pas inquiéter mes hôtes, je prétexte que j'ai perdu l'appétit. Sur un court de tennis, c'est davantage embarrassant. J'ai dû par deux fois interrompre une partie de tennis qui s'avérait plaisante. Le soir, j'ai de la peine à donner l'ultime coup de collier qui me permettrait de franchir les frontières de la veille.

Mes voisins m'ont conseillé de consulter le Docteur Richette, un médecin capable de guérir les bobos de l'âme. Il m'a délivré un diagnostic tranché : « Vous n'êtes plus en état d'assumer trop de tâches. Il vous faut choisir et vous détourner de celles qui ne sont pas essentielles. Donnez la priorité au manger, au dormir, à l'entretien de vos muscles. Il n'est plus question de vous dépenser sur un court de tennis ou auprès d'une jeune personne. » Je n'ai pas osé exprimer mon désaccord. Le tennis, la cour ne m'apparaissaient pas relever de l'inessentiel. Je l'ai cependant écouté et les progrès ne se sont pas fait attendre. J'ai retrouvé un solide coup de fourchette et j'ai mené à bien quelques randonnées.

Mais avaler un repas puis marcher pour le digérer et ensuite se remettre à table parce que la marche a creusé mon estomac, est-ce cela vivre ? Un jour, je l'espère, à mes risques et périls, je reviendrai sur un court de tennis et je courtiserai une dame, si possible charmante.

Impossible de ne plus séduire

Il est des renoncements, j'en ai conscience, plus étonnants et plus grandioses que le mien. Une jeune personne entre dans un monastère et elle fait ses adieux pour toujours au murmure du monde, à l'affection de ses proches. Il est vrai que Dieu lui suffit (Pascal). Un militant de toujours (il a repris la cause de son père, de son grand-père) quitte le Parti et s'en éloigne. Un homme que seule la recherche du profit concernait considéra avec détachement son immense fortune et n'aperçoit plus de relation entre ses biens et sa personne. Sur un mode mineur, ce passionné de l'ovale ne tremble plus en présence d'un bel essai et il serait en peine de préciser la date d'un France-Angleterre.

La plupart de nos renoncements s'expliquent mal et nous inventons après coup des raisons pour les justifier. Il en fut ainsi quand j'ai renoncé à séduire. Avais-je pris un coup de vieux ? La difficulté de l'entreprise ou au contraire sa facilité déconcertante me sont-elles apparues ? Ai-je perçu mon ridicule à la vue de quelques vulgaires dragueurs ? A dire vrai, les occasions et les tentations ne manquaient pas comme le suggérait Pierre Garcin : « Tu ne vas pas te plaindre d'une raréfaction subite du gibier. De la femme fatale à la lesbienne reconvertie, à la vieille amie fidèle qui oublie qu'elle est ton amie, à la cousine de province voulant montrer que malgré ses origines elle n'est pas prude, de la nymphette nymphomane désirant croquer la vie à pleines dents tant qu'elle est verte à la bourgeoise faussement pudibonde, tu n'as que l'embarras du choix. » Hélas, je ramenais une espèce aussi riche à quelques éléments reconnaissables dans leur différence : une presque enfant ou une presque vieille femme, une déjà fiancée ou une future épouse et surtout des mères de famille réelles ou potentielles dont je me devais de respecter les saintes entrailles.

Mon métier, un important cabinet d'assurances, me mettait presque à l'abri de la tentation. Mes collègues féminines étaient pour la plupart des personnes sérieuses que la nature n'avait pas gâtées. La plus belle d'entre elles avait disposé sur sa table de travail les photos de son mari et de son fils et leurs images avaient comme une valeur protectrice. J'ai cru percevoir un certain éclat dans le regard de clientes venues souscrire une assurance vie en leur faveur. Mais en étais-je l'objet, ou n'était-ce pas plutôt la pensée de l'existence confortable qu'elles mèneraient, une fois veuves ?

Il me suffisait de me montrer prudent, de ne pas m'attarder en ville par une belle soirée de printemps qui dispose les cœurs à soupirer et les corps à s'alanguir. C'est ainsi que j'ai raté quelques promenades au mois de mai, qui m'eurent permis de respirer le printemps. Je me suis habillé à la va-vite, sans aucune recherche dans le choix de mes vêtements, de mes chemises, de mes chaussures, tout en ne m'abandonnant pas à un laisser-aller qui aurait pu passer pour une plaisante décontraction. Dans mes conversations, j'orientais la parole vers des domaines qui n'intéressent guère les dames, comme le football ou la crise économique. Je me rasais moins souvent, mais j'évitais la fameuse barbe de trois jours alors à la mode. J'avais perdu mon hâle familier, celui d'un habitué de Saint-Moritz, ce hâle suisse que l'on ne saurait confondre avec celui des Alpes françaises ou de la Côte d'Azur.

Ma conduite exemplaire ne fut pas récompensée. Je séduisais et je séduisais même plus qu'auparavant. La directrice du cabinet d'assurances avait retourné les photos de son mari, de son fils, et elle parut importunée quand par politesse je pris de leurs nouvelles, m'interrompant par un « parlons plutôt de vous, Pierre ». Au cours des cocktails, des jeunes filles sous le coup d'une frénésie viennoise virevoltaient autour de moi et m'apportaient des coupes de champagne. Certaines d'entre elles me prièrent de les reconduire dans mon véhicule et lorsque j'avançais que j'étais venu en bus s'offrirent à me prendre dans leur voiture. Dans un tramway, une jeune femme me fit signe qu'une place assise était libre à côté d'elle. J'y conduisis une personne âgée – ce qui me valut un sourire coquin de celle dont j'avais dédaigné les avances... Pour demeurer fidèle à la promesse que je m'étais faite, je n'allais pas m'abstenir d'apparaître dans les cocktails ou d'emprunter les bus.

Comment interpréter des succès que je ne mérite pas ? Malgré moi, je dirige mon regard vers les femmes qui me semblent aimables, désirables. Même quand je baisse les yeux, je rends hommage à leur maintien, à leur visage et de leur côté, se sachant reconnues, elles m'expriment leur gratitude en me laissant entendre que ma compagnie leur serait plaisante. Dans de telles conditions, suis-je responsable de quelques manquements à l'encontre de la conduite que je me suis fixée ? Il faudrait distinguer les séductions volontaires conduites de notre plein gré et les séductions involontaires qui nous échoient presque malgré nous, à moins qu'une partie de nous-mêmes n'élabore à notre insu une stratégie d'approche et de conquête.

Notre surmoi a de la peine à se faire écouter de notre ça et de notre moi.

Je fus pour elles un épisode

Mais ai-je véritablement renoncé ? N'ai-je pas plutôt perdu mon pouvoir de séduction ? La plupart des personnes que je remarque répondent à mes invites, alors qu'il leur serait facile de se dérober, de différer un rendez-vous. Quand j'apparais, leurs visages s'éclairent. Elles me rapportent par la suite un propos qui les a piquées ou émues. Elles projettent un voyage que nous ferons ensemble et où nous nous aimerons encore davantage. Dans un moment d'abandon, feint ou réel, elles me confient qu'elles n'avaient pas à ce jour rencontré un personnage aussi attachant. Puis elles me signifient sans trop de précaution qu'elles entendent recouvrer leur liberté, comme si je les avais enchaînées. Aucun signe (une dispute, des bâillements) ne me laissait présager une rupture aussi rapide.

Je les rencontre par le fait du hasard, pimpantes, rieuses, nullement éprouvées par notre récente séparation. Je n'exige pas qu'elles sombrent dans la dépression mais il fut un temps où, pendant quelques jours, quelques semaines, elles portaient sur elles (sur leurs vêtements de veuve, c'eût été plus beau) la tristesse de voir s'éloigner d'elles quelque chose qui avait les apparences de l'absolu.

Je fus donc pour elles un épisode. Elles s'ennuyaient vaguement. Elles me crurent capable de porter remède à leur ennui. Ma présence ne fut pas le remède espéré. Elles remarquèrent dans la file d'attente d'autres prétendants plus séduisants. Elles avaient commis une erreur dans le casting. J'étais prié de déblayer la scène.

Je pourrais, pour préserver mon amour-propre, décider qu'il s'agit d'un phénomène de société qui dépasse mon propre cas. De nos jours, les adolescents comme les adultes acceptent l'éphémère. Ils se donnent, ils se reprennent, ils multiplient les expériences. Ils refusent la grandiloquence de l'éternité.

Et moi aussi, je participe à cette façon de se lier, de se délier. Si l'une d'entre elles s'était attachée à moi exagérément, j'aurais songé qu'elle était collante et qu'elle m'empêchait de vivre pleinement, c'est-à-dire en me multipliant.

Ne pas devenir un dragueur à la petite semaine

Au fil des ans me taraude un souci de la perfection qui autrefois ne m'habitait pas. Maintenant, je mets trop d'application dans ce que, par le passé, j'entreprenais dans l'insouciance et la spontanéité. Je désire que mes gestes soient les plus accordés, mes mots les plus justes qui soient. La séduction, pour mériter ce titre, exige de la virtuosité, de l'habileté, de la présence et surtout de la rigueur. Je ne consens plus à de pareils efforts. Je sais bien que les sportifs de haut niveau ne se ménagent pas pour demeurer parmi les meilleurs. Mais à quel prix ! Les épaules démises pour les nageurs, la colonne vertébrale pour un pilier au rugby, les articulations pour un skieur, encore heureux d'échapper à une vilaine casse de tout l'organisme. S'ils interrompent leur pratique à la suite d'un accident et s'ils désirent revenir à leur niveau antérieur, ils doivent multiplier les exercices pénibles, douloureux, et souvent ils échouent piteusement.

Je ne prétends pas être un séducteur de haut niveau. Je ne voudrais pas pour autant me conduire comme un dragueur à la petite semaine. Je ne serai jamais un boxeur qui s'obstine sur un ring où il n'a que faire.

Un homme, s'il se fait une haute idée de l'art, n'accepte pas, en fin de parcours, de composer des vers de mirliton ou de reproduire ce qu'il inventa autrefois. Il cesse d'écrire au risque de redevenir obscur et de souffrir de son anonymat retrouvé. A moi de me comporter avec autant de dignité même si je dois observer avec envie ceux qui persistent à parader, à séduire, à être séduit, à mener une existence éblouie.

J'ai choisi une vie pépère

Je ne m'explique pas ce goût nouveau du confort matériel, sentimental, intellectuel sinon par l'effet d'une lassitude extrême. Des baroudeurs rangent un jour leur matériel de guerre et ouvrent un bar à Montélimar ou à Marseille, où ils connaîtront d'ailleurs d'autres formes d'aventure. Un navigateur solitaire n'embarque plus pour une traversée incertaine. Désormais, quand il ne demeure pas à quai, il prend la mer à quelques encablures de la côte.

Moi aussi, j'ai remisé mes armes de séduction. J'ai posé mes valises chez une jeune femme agréable et sans histoire. Je ne me donne pas le ridicule de roucouler. Nous prenons plaisir à nous faire plaisir. Elle n'aime pas les polars. Je regarde avec elle sur l'écran de la télé des documentaires : tantôt l'art de travailler le cuir, tantôt les mœurs d'une peuplade océanique. Elle est fine cuisinière. Je l'aide dans la préparation de certains plats, puis je dresse la table. Pour nos vacances, nous avons repéré un hôtel sympathique où nous retrouvons les mêmes clients. Quand la pluie menace, elle exige que je porte un cache-nez que je fourre dans ma poche dès que je me suis éloigné de notre domicile.

Cette existence pépère me convient et je n'éprouve plus la tentation de gambader à nouveau. Pour me distraire d'une vie qui pourrait à la longue me peser, je m'invente des histoires que, par prudence, je ne couche pas sur le papier. Je rêve que je drague encore dans l'un des bars qui m'étaient familiers et le matin, je m'étonne de ne pas avoir la gueule de bois, comme si la tisane de la veille pouvait avoir un effet de cette sorte.

Le hasard – pas tout à fait le hasard – a voulu que je la suive discrètement. Je sais maintenant que tous les lundis après-midi, elle se rend au thé dansant de la Coupole. Elle en ressort parfois avec l'un de ses cavaliers et elle s'engouffre avec lui dans un petit hôtel voisin. Je ne lui en ai rien dit. Ses escapades amoureuses ne remettent pas en question l'harmonie de notre couple. Au contraire, elles en sont un élément. Pour constituer un couple parfait, sont nécessaires le gueuleton dominical, des vêtements de qualité, quelques voyages choisis, mais aussi les dérobades du lundi après-midi sans lesquelles la panoplie ne serait pas parfaite.

Mes craintes sont d'un autre ordre. Nos fréquentations communes m'inquiètent. Ce sont des gens cossus, aux rires épais qui ne doutent pas de la légitimité de leur réussite. La malice de mes regards ou de quelques paroles ironiques ne suffit pas à m'assurer que je ne suis pas des leurs. Mais pour en avoir davantage la preuve, ne me faudrait-il pas plonger dans la clandestinité et me conduire à nouveau comme un loup solitaire sans feu ni lieu définis ?

Dans un mois, dans un an

Une parole blessante peut infléchir le cours d'une vie. J'aimais le tennis, tout en me montrant maladroit. Un moniteur m'apostropha par un « petit con, jamais tu n'exécuteras un revers de ta vie ! ». A la suite de quoi, je n'ai plus touché une raquette de toute mon existence et, en un sens, la prédiction du petit prof s'est réalisée. Mes voisins répétaient à leur fille, peu intelligente et capable de sottises qui nuisaient à l'entretien du ménage (jusqu'à provoquer un début d'incendie) : « Elle est folle, notre fille. Il faudrait l'enfermer. » Nul geste de tendresse de la part des adultes qui eussent pu ainsi adoucir un tel jugement. Elle ne parlait pas. Elle perdit l'appétit et on dut se résoudre à l'enfermer dans un établissement dont elle n'est jamais ressortie.

Mon sort n'est pas tout à fait comparable. Je jouis d'une entière liberté. Je dépense mon argent comme bon me semble. Mes voisins répondent à mes salutations. Je conduis même une voiture avec d'infinies précautions. Mais, ce mois-ci, j'ai subi une salve de remarques qui m'embarrasse et me taraude. Déjà plus jeune, on me traitait de « cavaleur », alors que j'avais l'âge et le droit de chercher une âme sœur ou simplement cousine. Ce « cavaleur » prononcé sur un ton de reproche me situait au bas de l'échelle des séducteurs – celui des VRP qui meublent leur soirée comme ils peuvent, des garçons de bain, des garçons d'étages, des garçons coiffeurs, des garçons tout court, des moniteurs d'auto-école, des plombiers, toutes gens auxquels on ne prête pas une excessive délicatesse. J'aurais aimé que l'on m'applique un autre terme (mais existe-t-il ?) qui vaudrait pour des séducteurs d'une plus haute lignée : celui des professeurs de golf, de lettres modernes, de piano, de tennis (de mathématiques bien que c'eût été étrange), des psychothérapeutes, des brigadiers de la mondaine, des chefs de service à la faculté de médecine (là c'eût été trop).

Deux réflexions récentes ont ravivé une blessure d'amour-propre qui persistait. Une femme devant laquelle je faisais des ronds de jambe m'a traité de « don juan d'opérette ». A l'évidence, je ne pouvais prétendre rivaliser avec le Don Juan de l'opéra : ce grand seigneur blasphématoire était au-dessus de ma condition et, au fond, pourquoi me vexer, l'opérette est un genre que je n'ai jamais méprisé avec ses couleurs viennoises ou andorranes, ses soleils, son absence de prétention et quelques ténors à la voix chaude. Ce devait être un avertissement auquel j'aurais dû prendre garde, puisqu'elle m'a giflé quand je me suis approché tout près d'elle.

De mémoire, il me semble de surcroît que les gifles sont rares dans l'opérette. Élise avait commis une faute de goût. Elle regretta son geste et me demanda de lui pardonner. Je m'y refusai. Je n'allais pas accorder mon pardon à une personne qui manifestait une telle ignorance d'une forme musicale bien française.

L'autre incident paraîtra moins grave. Je posais ma main avec délicatesse sur l'épaule de Maud, puis j'effleurais avec la même délicatesse sa joue gauche. Elle se déroba brusquement à ma caresse et me dit sans rire : « Touche pas ! » d'un air offusqué. A mon tour, je me roidis à l'idée qu'elle avait ainsi supprimé la négation du « ne touche pas ». Je lui en voulais de jouer en public les saintes-nitouches alors qu'elle avait l'esprit large et l'abord facile. Sa joue gauche était-elle particulièrement sensible ? Voulait-elle proclamer ostensiblement qu'elle pouvait tout accorder à certains et refuser à d'autres la plus légère privauté ? Je quittai le café sous l'air goguenard de quelques consommateurs. Si j'avais été moins lâche et plus costaud, j'aurais épinglé l'un d'entre eux et je lui aurais fait manger de force son assiette de spaghettis à la bolonaise.

Dans combien de jours, dans combien de mois aurai-je oublié ces souvenirs pénibles et, une fois rétabli, céderai-je encore à la tentation de plaire ?

Ni les laides, ni les belles, ni toutes les autres

La beauté, pour un homme, pour une femme, est-ce si important ?

Je n'étais pas inexorablement, fatalement (quelle étrange et embarrassante fatalité c'eût été) attiré par les laides. La beauté m'émouvait davantage, encore qu'elle fût à l'origine de quelques problèmes et qu'elle provoquât par son existence des remous indiscrets : ainsi, quand une femme véritablement belle surgissait dans un cocktail ou dans un restaurant, il se produisait des mouvements de foule, des tournoiements de regards, un mélange de stupeur et d'admiration, puis quand elle avait disparu, l'univers retrouvait sa paix antérieure. Je reprochais à certaines d'entre elles de se reposer sur cet avantage qui les dispensait de se cultiver, d'aider autrui. « Ne te plains pas de mon indifférence, de ma perversité. Ce sont celles d'une belle femme. Je suis vouée à me maintenir dans la beauté. Vous n'auriez pas l'impertinence de me demander également de développer mon intelligence, d'équilibrer un budget, de torcher les enfants... » « Je suis belle et le mouvement contrarierait ma beauté. Il déplacerait la nécessité de mes lignes, l'harmonie de mes formes... » « Le stock des livres, des œuvres humanitaires, des crèches et des mouroirs, des usines et des bureaux est immense, pléthorique. Or, la beauté est si rare, comme surprenante en ce bas monde de la mangeaille, du travail, de la sueur, du trafic. »

Quelques êtres exquis de modestie faisaient exception. Il semblait que la beauté dont elles étaient dépositaires les encombrait. Elles l'auraient bien déposée dans une consigne pour la reprendre quand besoin était. Elles ne savaient pas comment s'en délester. Attifées n'importe comment, elles demeuraient remarquables, donc remarquées. Elles avaient souvent affaire à des maladroits qui les félicitaient pour leur charme, comme si d'avoir un nez grec, un port de tête souverain, une démarche hautaine, des yeux silencieux les avaient privées d'autres qualités de cœur, d'esprit. Les plus malins de leurs courtisans le pressentaient et mettaient en avant d'autres attributs rarement célébrés chez elles.

Plus scrupuleuses, elles s'inquiétaient de leur condition. « Mais, qu'est-ce que j'ai fait au Bon Dieu pour être si belle ! Et plus tard quelle sanction subir pour avoir bénéficié indûment d'un tel privilège ! »

Tout en admirant les femmes belles, je ne m'empressais pas auprès d'elles. Si l'une d'entre elles m'avait porté attention, j'aurais été déconcerté puis embarrassé. Admettons qu'elle m'ait élu. A la suite de quel pari ? Par quel caprice ? Pour savourer le grotesque de la situation ? Elle, belle, moi, médiocre, disons-le presque moche et formant un couple aussi ridicule que celui d'une maigre et d'un gros, d'un ventripotent et d'une filiforme. Une fois choisi, aimé, je n'aurais pas pu m'installer paresseusement, voluptueusement dans la passion. J'aurais dû me montrer digne d'elle, en usant des montants compensatoires, tels l'argent, la renommée, les relations ; devenir un forçat du forcing. Je ne suis pas un paresseux, mais je répugne à des efforts excessifs. Sans être jaloux, j'aurais pris conscience de la précarité de la situation et j'aurais vécu sur le qui-vive. Tant d'hommes sont attirés par la beauté et espèrent punir celui qui, dans son inconscience, l'a confisquée.

Je me berçais à l'évocation des figures innombrables de la beauté. De telles rêveries me dispensaient de les affronter : les étincelantes, les lumineuses, les gracieuses, les ravissantes, les transparentes, celles qui proclament à longueur d'année la renaissance du printemps, les stellaires qui nous défient de leur position galaxique – et pourquoi pas les déconnantes, les éméchées, celles qui pimentent leur éclat d'un peu de vulgarité, celles qui ont perdu de leur grâce et la retrouvent une dernière fois avant de mourir, celles qui ont refusé le bonheur de plaire et se sont enfermées dans un cloître à l'abri de tous regards masculins.

Je me suis raisonné. J'ai opéré une reconversion radicale, comme mon existence en a connu quelques-unes. Puisque la beauté m'était refusée, je me tournerais vers les laides et je n'aurais que l'embarras du choix : les obèses qui déplacent difficilement leurs mamelons et leur croupe, les plates (à distinguer des fausses maigres), les revêches, les velues et même les poilues, les visages que jamais un brin de lumière ne visitera, les perfides qui portent sur leurs traits la noirceur de leur âme – et même celles qui avaient seulement un nez trop prononcé (mais il s'allongerait au cours des années) ou un front trop bas, mangé par leur chevelure, ou des oreilles en chou-fleur alors qu'elles n'avaient jamais pratiqué le rugby.

L'abondance du marché ne suffit pas à expliquer mon revirement. J'avance des raisons plus honorables. J'étais demeuré attaché à un certain type de femmes, celles de mon enfance. Elles étaient dures à la tâche, musclées, vigoureuses, pleines d'entrain et de courage, généreuses et peu importe qu'elles aient eu parfois un brin de duvet et qu'elles fussent courtes sur jambes. Elles se livraient sans doute à la volupté sans chichis et sans retenue. Dans mon esprit, elles représentaient l'excellence de notre espèce et dépassaient en vertu les hommes. A vrai dire, une certaine beauté m'apparaît comme une facilité, une mollesse, un renoncement à la joie austère de mes terres. Au-delà de ces raisons qui ont leur poids, le hasard aura, lui aussi, orienté ma quête amoureuse du côté des femmes dont on ne peut pas dire qu'elles sont belles. Lors d'une réunion politique, j'avais été impressionné par une militante qui avait pris la parole avec beaucoup de feu. Tandis qu'elle nous engageait à en finir plus audacieusement avec le capitalisme, ses traits grossiers, loin de la desservir donnaient plus de force à ses objurgations. Plus élégante, ses incantations auraient perdu de leur effet. Elle était la révolution en marche, elle possédait la beauté d'un nouveau monde à venir. Une fois la réunion terminée, nous avons cheminé côte à côte. Nous nous sommes mis en chantier pour les municipales. Nous avons même fait ensemble le coup de poing. Notre candidat a été élu. Nous avons fêté sa… notre victoire, puis elle m'a quitté pour un militant plus militant que moi. Je ne lui en ai pas voulu. Elle aurait exigé de ma part des sacrifices à la cause qui m'auraient pesé. Elle m'avait donné le spectacle d'une singulière énergie à exister. J'ai assisté à d'autres réunions. En vain. Je n'ai pas rencontré une autre militante de cette trempe – habitée par l'espérance d'un monde moins barbare.

Je me suis trop hâté. J'ai obtenu les faveurs de deux personnes qui ne reproduisirent pas la figure de mes paysannes ou de ma Pasionaria. Elles étaient tout bonnement et tout simplement moches. Isabelle, la mal nommée, vivait dans l'angoisse que je l'aie choisie par intérêt. Elle était la fille d'un promoteur immobilier cousu d'or. Dans ses moments de délire, elle prétendait qu'à la suite d'un pari stupide, je m'étais promis de l'exhiber et de l'exposer à la risée de mes amis. J'ai voulu la soustraire à de telles obsessions. J'ai refusé d'être logé dans l'une des villas somptueuses du père. Je n'ai plus participé à des réunions de copains. J'avais du mérite car j'aime les belles demeures et les rencontres amicales.

J'ai abandonné Isabelle au profit de Rolande, une femme moins fragile et même fort véhémente. Elle entendait mettre sa laideur sur le compte d'une personne mal intentionnée. En l'occurrence, je fus le bouc émissaire tout trouvé. Je n'ai pas osé lui conseiller d'orienter sa recherche dans une autre direction : l'héridité ? Mais nos savants n'avaient pas encore découvert les gènes de la laideur. Dieu ? Il avait d'autres chats à fouetter et d'autres injustices à réparer. L'Église ? Un prêtre lui aurait répondu que nous devons nous offusquer des laideurs morales et non des laideurs physiques. Les insuffisances de la chirurgie esthétique ? Elle n'y avait pas eu recours. Ses propres parents ? Sa piété filiale l'en détournait. Je demeurais seul dans l'arène face à mon bourreau. J'ai enduré le supplice avec un reste de stoïcisme jusqu'à ce que je décide de ne plus boire le calice jusqu'à la lie. Je ne pouvais rien pour Rolande. En revanche, il me semble que j'étais en mesure de porter secours à Isabelle. Sa laideur particulière avait de quoi fasciner et provoquer mon admiration. J'aurais dû oser entrer en contemplation, en dévotion devant les bizarreries de son corps, alors que je détournais mon regard par un effet de pudeur. Devant mon émerveillement mille fois répété, elle eût compris qu'elle existait à mille coudées au-dessus de la troupe des niaises quelconques. J'ai failli à mon devoir, car il m'a toujours paru nécessaire de rendre hommage à ce qui le mérite.

Mes échecs ne souffraient pas la contestation. J'ai alors rêvé d'une laideur idéale que, sans doute, je n'aurais jamais la chance de rencontrer. Je n'en étais que plus à l'aise pour lui prêter une entière pureté. Il fallait que de telles femmes aient d'abord été des laiderons. La laideur ne s'improvise pas. Elle couvre la durée de toute une vie, à la manière des surdoués, qui dès le CP se préparent au concours des grandes écoles. Laideron : « La pauvre petite, si jeune et déjà si laide. » Sur elle, le regard gêné des parents, l'apitoiement des enseignants, les moqueries des camarades. Et ses traits deviennent plus sinistrés si un sursaut de méchanceté ne les sauve pas. J'écartais de mes songeries et de mes recherches les à-peu-près laides, les intermittentes de la laideur. Pour m'abuser, elles se grimaient, elles en remettaient dans l'affreux. Je ne me laissais pas fléchir. Elles empruntaient une laideur qui ne leur appartenait pas, mais venait d'une mère, d'une grand-mère qu'elles avaient aimées et dès que leur mémoire flancherait, leur laideur s'estomperait avant de disparaître.

Puisque les belles et les laides n'étaient pas faites pour moi, je me suis rabattu sur les autres, sur toutes les autres. Je les croyais de tout repos puisqu'elles s'étaient soustraites à l'excès. En fait, il m'est arrivé de regretter l'époque où Rolande avait trouvé en moi un bouc émissaire presque consentant. Maud, la nouvelle venue dans mon existence amoureuse, voulait se conformer aux canons esthétiques de l'époque – une chimère puisque par principe un modèle ne se concrétise jamais rigoureusement. A cette fin, elle m'associait à la lecture de *Santé plus* de *Beauté Mieux*, d'*Elle* et même du *Pèlerin* qui donne aux jeunes femmes des conseils judicieux et peu coûteux. Je l'accompagnais dans sa recherche d'un vêtement intelligent. J'assistais aux essayages. J'examinais la balance pour voir si elle pesait juste. Elle m'a traîné dans des villes thermales recommandées à celles qui prennent soin de leur corps. Il m'était interdit de dépenser au casino l'argent nécessaire à la cure.

Me voilà résigné à surveiller les pics de beauté et de laideur de Maud. Une pareille résignation est bien proche d'un renoncement.

Les grandeurs d'établissement

A l'instant de cette révision, il ne fut pas seulement question de ce que nous entendons par séduction mais, d'une manière plus radicale, des grandeurs d'établissement, de tous ces oripeaux dont nous nous parons pour obtenir la considération de nos semblables. Que serait, ai-je pensé après Blaise Pascal, un juge qui n'aurait pas revêtu l'hermine, un médecin sans quelques instruments dont certains ne sont pas indispensables, tout comme un noble sans le pourpoint et l'épée… Mais tous ces signes n'ont-ils pas disparu avec les fastes, les castes, les ordres ? Un médecin, un curé, un avocat, un P-DG en jean ne conservent-ils pas leur prestige s'ils s'imposent dans leur tâche ? Les apparats, les oripeaux demeurent ; ils ont pris une autre forme. Un homme politique, quel serait son prestige si une forêt de micros ne se tendaient pas vers lui et un chanteur sans les sunlights de la télévision et une troupe de danseuses autour de lui et un P-DG sans quelques gardes du corps ?

Cette comédie pitoyable affecte la plupart de nos conduites, mais elle se manifeste plus vivement dans la séduction : « Qui ne voit pas la vanité du monde est bien vain lui-même. Aussi qui ne la voit, excepté de jeunes gens qui sont tous dans le bruit, dans le divertissement et dans la pensée de l'avenir ? […] Mais ôtez leur divertissement, vous les verrez se sécher d'ennui [...]. Ils sentent alors leur néant sans le connaître, car c'est bien être malheureux que d'être dans une tristesse insupportable aussitôt qu'on est réduit à se considérer et à n'en être point diverti. »

De tels accents me touchèrent sans entraîner tout à fait mon adhésion. Parfois le bruit mais parfois aussi dans d'autres circonstances, la musique des choses, les roulis plaisants du monde. Je tenais à distinguer le vacarme dont nous nous étourdissons et la façon dont l'univers se fait entendre, le clinquant des parures, des marques sociales et la chair si tendre, si voluptueuse des choses, des lieux, des visages.

Quant à la pensée de l'avenir qui semblait poser problème à notre philosophe, elle ne m'embarrassait pas. Elle ne constituait pas toujours une échappatoire destinée à nous délivrer d'une condition insupportable. Elle était aussi la présence en creux de ce qui adviendrait. Et c'est ce qui me parlait encore dans la séduction : pressentir un accord incertain, lui prêter les couleurs de l'espérance.

Il n'empêche que dans l'ensemble, j'adhérais à une récusation radicale qui, en toute logique, me situait hors course, hors champ si j'avais le souci de ne pas me compromettre et de ne pas me laisser abuser. « Les cordes qui attachent le respect des uns envers les autres en général sont cordes de nécessité ; car il faut qu'il y ait différents degrés, tous les hommes voulant dominer et tous ne le pouvant pas, mais quelques-uns le pouvant [...]. Or, ces cordes, qui attachent donc le respect à tel ou tel en particulier, sont des cordes d'imagination. » L'égalité était en principe de mise.

En fait, elle s'accompagnait d'une lutte féroce pour l'emporter et disqualifier les autres concurrents. Il en était ainsi dans l'univers des artistes pourtant préoccupés, semble-t-il, de leur œuvre, de leur chant singulier. La séduction elle-même constituait souvent une épreuve de force dans laquelle il était payant d'apparaître d'abord comme le plus faible.

Elle accumulait tous les reproches du philosophe : La « concupiscence » – ce qui flatte nos sens et assure le bonheur du corps. La « curiosité » – le désir effréné, la démangeaison de tout voir, de tout éprouver. L'« orgueil » – le désir de s'attribuer une importance indue. J'ai abandonné mon guide, non point pour retomber dans les travers de la séduction, non point pour demeurer seul en repos dans une chambre, non point pour vivre selon la charité (l'amour de Dieu jusqu'au mépris de soi), mais pour m'éployer dans le monde sans le désir d'aguicher qui que ce soit et pour, suivant en cela la maxime de Descartes, m'estimer aussi légitimement qu'il était possible de le faire sans m'assurer de conquêtes illusoires.

Vagabonder, seulement vagabonder

Je travaillais alors dans l'édition. Je devais, à titre professionnel, me rendre à différents cocktails, réunions plus ou moins informelles. Les occasions de plaire et de choisir qui me plaisait ne manquaient pas. Après avoir été ébloui par tant de facilité, j'ai déchanté. Les rencontres me paraissaient impures en ce sens que l'intérêt professionnel n'en était jamais absent. Je cherchais à m'attirer les faveurs d'une critique influente ou, en revanche, une jeune femme aurait aimé que je l'aide. Ce n'était pas le plus grave. Nous étions tous du même milieu, produits par une même culture, possédant des goûts et même un physique propres à notre métier. Les aventures frôlaient l'inceste et j'aspirais, sur un mode romantique, à l'ailleurs, au tout autre. L'ailleurs, c'était l'immensité du monde et non point ces quelques lieux clos et surpeuplés où nous rancissions ensemble, où l'haleine des alcooliques que nous étions devenus s'était substituée à celle des plantes, des vivants en liberté.

J'ai rabaissé mes prétentions. Je n'irai pas quérir l'Élue sur un océan (il m'aurait fallu bénéficier de pouvoirs surnaturels), ou dans un désert (par principe fort peu habité) mais dehors, dans une ville et non point en rase campagne où autrui aurait redouté une agression. Les statuts y perdent de leur certitude et les personnes oublient le rôle qui leur a été imparti. Les foules tourbillonnent et redistribuent, dans leur mouvance, les cartes. Par chance mon métier me permettait de vagabonder à longueur de journée aux lisières de la nuit. Le résultat n'a pas été probant. J'ai connu des heures creuses. L'attente se faisait démesurée et cruelle. J'enviais le poète affirmant : « Je ne peux pas sortir une heure dans une rue sans qu'il m'arrive quelque chose. »

Devais-je tenter à nouveau ma chance dans les galeries où l'apéritif dînatoire est souvent médiocre et où l'on éprouve de la peine à considérer les œuvres exposées ?

J'ai décidé de persévérer. Il suffisait de mieux user de mon énergie désirante. Les feux de la circulation favorisent le rapprochement. Il me répugnait de tirer parti des embarras d'une ville. J'aspirais à des incidents plus nobles et dont j'aurais été l'auteur. Je résolus de me tenir à une distance convenable, en mouvement : la dynamique a plus de grâce que la position arrêtée. Un récit s'échafaude et s'inscrit dans la chair. Je me croyais en mesure de deviner si l'Élue percevait ma présence à un mouvement d'épaules, à une inclinaison de la taille, ou au contraire d'admettre, à un reproche de ses chevilles, que je l'importunais. M'accorder à ses pas comme deux danseurs de tango. Parfois me rapprocher, parfois m'éloigner, non point à la manière d'un chasseur qui traque une proie mais pour éviter la monotonie d'une cadence régulière et manifester que notre accord résistait à la modification des rythmes. Parfois être proche au point d'effleurer une épaule, une chevelure et tressaillir parce qu'une partie de son être intime m'atteignait. Je ne cherchais pas à étonner par une drôlerie, par une trouvaille née des circonstances. J'ai renoncé à prononcer la moindre parole. L'accord de mes pas et de mon corps attestait à lui seul que nous étions destinés l'un à l'autre. Les mots et les gestes, que nous auraient-ils apporté de plus ? Lorsque l'Élue pénétrait dans l'immeuble où, semble-t-il, elle logeait, il me paraissait judicieux de ne pas l'abandonner et ainsi d'aller plus avant dans son existence, en reconnaissant le hall, les escaliers qui l'accueillaient, en considérant la boîte où un facteur déposait son courrier et les autres portes qui bordaient la sienne.

Une telle curiosité donne la mesure de ma passion. Ma tâche devint difficile par suite de l'installation des parlophones et de l'usage courant de l'ascenseur. Mes choix se révélèrent heureux. La plupart de mes suivies empruntèrent un escalier alors même que leur immeuble était pourvu d'un ascenseur. Elles n'étaient donc pas de la race de celles qui bâclent le retour à leur domicile natal. J'étais attentif au bruit de leurs pas, et revenu à mon appartement, je m'appliquais à les réentendre. La méfiance des concierges ou d'autres locataires troublait mon bonheur. Ils osaient me demander ce que je voulais, ce que je cherchais. Me prenaient-ils pour un vulgaire démarcheur, un vendeur de savons fabriqués par des aveugles, un détective chargé d'accumuler les preuves d'un adultère ? A quoi bon leur avouer que ma venue dans leur immeuble n'avait pas d'objet, ou plutôt qu'elle était suscitée par l'ambition la plus noble, l'espoir le plus déraisonnable ? Sous le feu des questions, mon attention se relâchait. J'avais de la peine à savoir si l'Élue s'était rendue au 3e ou au 4e étage, et le soir venu, j'aurais de la peine à réentendre le bruit enchanteur de ses talons, celui de sa clé donnant accès à sa grotte magique. J'inversais les rôles. Je devenais le questionneur. Qui habitait l'immeuble ? Depuis combien d'années ? L'immeuble était-il ensoleillé ? Comment ses habitants s'étaient-ils comportés pendant l'Occupation ? Je prenais plaisir à irriter mon interlocuteur. Je cessais de jouer. A trop en faire, le voisin ou la concierge interpellée risquait de jaser, d'ébruiter une demande que je voulais discrète à la mesure de mon amour naissant.

Je préférais les immeubles cossus, non point par sympathie pour les classes supérieures et parce que des femmes y reposent parfois voluptueusement, mais parce que leur silence me permettait de mieux entendre les pas de mes charmantes.

Par la suite, j'ai pratiqué un tel exercice en dehors de toute quête désirante. Nous rencontrons le long des avenues d'une ville tant de personnages singuliers dont la destinée nous échappera parce que nous sommes issus de milieux différents. Je n'allais pas rater l'occasion de pénétrer dans leur for intérieur en me glissant dans leur manière de chalouper. J'ai apprécié cette chance extraordinaire qui m'était donnée de sympathiser avec un adolescent ou un vieil homme, un dandy ou un être du commun. J'ai renoncé à la quête sublime d'une Élue parce que j'avais trouvé là le moyen de me quitter et de vivre d'autres existences que la mienne. Certes, il m'a manqué le face-à-face de deux présences livrées à leur solitude, la crainte d'échouer et le bonheur d'être reconnu, mais j'en ai tellement appris sur le dos, les cambrures des mollets, le port d'un manteau, la flexion et l'extension des jambes que je ne regrette rien.

Ma quête n'a plus le même objet. Je ne voudrais pas que tous ces pas soient perdus. Je me mettrai à l'ouvrage sans souci de publier mes vagabondages. Tant d'autres écrivains ont restitué les leurs avec talent et poésie. Ce sera une sorte de déclaration d'amour dont nul ne saura rien, même pas Elle.

Juste quelqu'un de bien

Ce n'était pas une question de morale. Je ne cherchais pas à devenir meilleur, à gagner en générosité ou en intelligence. C'était plus physique et plus obscur. Je ne songeais pas, pour accomplir cette tâche difficile, à mes parents (ils l'auraient alors menée à bien) ou à un modèle idéal (il me fallait être pétri par une main de chair, un regard vivant). Quant à Dieu, il m'eût paru inconvenant de le déranger pour si peu et il m'eût renvoyé à l'un de ses intercesseurs, à une Église avec laquelle j'étais en froid et qui n'eût pas bien entendu ma requête. Je m'en remettais à la femme, non point une quelconque femme, mais un être aux dons exceptionnels et qui, à elle seule, eût incarné la féminité.

Elle ne m'eût rien imposé : par sa seule présence attentive, elle m'eût mené au meilleur de moi-même. J'aurais quitté le stade d'une ébauche maladroite, incertaine, fragile. Je ne me serais pas pour autant figé en une statue aux contours définis, définitifs. J'aurais persisté à me modifier, en état de passage vers un autre Pierre. Un homme semblable aux autres mais avec un peu de divin en lui.

Une telle personne ne se rencontre pas au coin d'une rue ou sur le quai d'une station de métro ou même à l'orée d'une forêt profonde. En tout cas, je n'ai pas eu la chance de la rencontrer et aujourd'hui je me gausse d'une telle espérance. J'y vois la marque d'une rêverie romantique, celle de la Divine. Je ne croyais pas comme certains chrétiens que j'avais à me racheter de je ne sais quelle faute. Mon attente avait, en fin de compte, un fondement scientifique. L'être humain naît prématuré. Il lui faut peu à peu s'accomplir et, dans cette tâche, il serait heureux d'avoir affaire à un être qui l'aide à parfaire ses contours. Je m'aperçus que j'en avais rabattu sur mes prétentions : non plus être l'artiste capable de manier merveilleusement l'argile et le feu, mais solliciter la bienveillance de femmes qui souffleraient à bon escient sur l'ébauche et lui donneraient un peu plus de sens. Sous couvert de les séduire, ce qui n'était pas pour me déplaire, j'ai entrepris de me parfaire grâce à leur concours.

L'une d'elles a dilaté ma personne, car j'étais replié sur moi-même. Une autre m'a redressé et j'ai paru moins voûté. Une autre a donné de la souplesse à mes enjambées et même à mes ronds de jambe (et ce qu'elle obtint, des séances de gymnastique ou de psychologie transcendantale n'eussent pu le réaliser). Une autre a corrigé un menton indécis, une mollesse regrettable de mon visage. Que l'on entende avec propos le sens de ces expériences. Elles ne se conduisaient pas avec moi comme une couturière qui retouche un vêtement. Quelque chose de leur propre existence me modulait et j'appréhendais plus tard les effets d'une modification d'abord inaperçue. Mais pourquoi multiplier les rencontres au risque de paraître volage ? C'est que chacune d'entre elles avait un pouvoir déterminé et circonscrit. Celle qui m'avait aidé à me redresser dans tous les sens du terme eût été incapable d'alléger ma démarche et de l'infléchir musicalement.

J'ai pu passer, à tort, pour un dragueur impénitent. Ces gens-là méconnaissaient la signification de mon parcours initiatique et le terme de « drague » qui implique une action effrontée, violente ne saurait convenir à l'imprégnation lente à laquelle je me soumettais docilement.

Seulement pour devenir un autre, point n'était besoin de requérir la présence de quelques êtres privilégiés. Le monde, l'histoire, la plus modeste histoire ne cessent de me faire parvenir des ondes, de m'envelopper, et mon problème, comme celui de tous mes semblables, était plutôt de me tenir à distance, de me dérober, de jouer l'indifférence, de m'anesthésier plutôt que d'aller vers, de m'offrir, de m'abandonner. Ainsi l'océan résonnait, alternait un ressac contre mon oreille. Je devenais coquille, coquillage. Une falaise, une montagne un peu rude m'affrontaient et au cours de la confrontation je ne m'alanguissais plus, mon esprit voltigeait vers les sommets, affichait la souveraineté (plus que la suffisance, j'espère). Tant d'étés, tant d'hivers, tant de prairies, tant de déserts s'étaient frottés à moi et ont bien dû laisser quelques séquelles ou alors ç'aurait été douter de leur réalité. Des semblants de montagnes, d'océans, de fleuves écrits, imaginés par un grand simulateur, quelle fiction invraisemblable !

Plus insistants, plus imprégnants, parfois plus incommodants, les effluves humains, ainsi ceux d'êtres qui avaient été les passants éphémères de mon existence : un soir d'été à une table voisine de mon café, ou logeant à la chambre la plus proche de mon hôtel et moi volant un peu de leur vie, l'enfouissant dans la mienne jusqu'à en être honteux ou fier.

J'avais été bien naïf en espérant le miracle à l'approche d'une Divine puisque la merveille, c'est-à-dire la capacité d'accueillir tant d'ondes et de les faire siennes sans se disperser dans l'innombrable, était la condition de tout être humain, y compris la mienne.

J'ai renoncé à m'élever au-dessus de mon état naturel, à courir en tête comme les athlètes, les vedettes, les pères, les humanitaires, les financiers de haut niveau. Il me suffit d'être « juste quelqu'un de bien ».

Le club des anciens séducteurs

Je ne sais pas encore pour quelles raisons ils ont insisté à ce point pour que je préside le club des anciens séducteurs. Ils n'avaient que l'embarras du choix. Tel don juan chevronné connaissait mieux que personne les arcanes de l'âme humaine. Tel membre du planning familial, devenu médiateur conjugal, avait raccommodé bien des ménages et redressé des situations compromises. Un écrivain, auteur de romans à succès – une locomotive, une enseigne incontestable – s'était proposé. Il espérait, en remplissant sa mission, recueillir encore plus de vécu, de pathétique à l'état chaud. De mon côté, je n'avais jamais – malgré une rumeur insistante, à vrai dire déplaisante – appartenu à cette espèce. Il leur fallait, disaient-ils, un homme revenu de tout, là encore une rumeur absurde puisque je n'étais allé nulle part.

J'ai enfin donné mon accord. J'ai pris une part active à l'élaboration des règlements. Moi qui vis dans l'approximation et dans l'ignorance de la loi, j'ai mis en forme quelques articles précis. Je n'étais pas persuadé que les anciens séducteurs aient véritablement l'intention de renoncer à ce qui avait agrémenté leur existence. Si certains d'entre eux persistaient à faire les jolis cœurs, je m'arrangerais pour les prendre en flagrant délit et les avertirais ! Un troisième avertissement entraînerait l'exclusion. Le club conserverait le montant de l'inscription et ainsi notre cagnotte s'arrondirait. Sans une telle rigueur, le club serait devenu une agence matrimoniale, un club de rencontres déguisé, d'autant plus que dans ces derniers la somme exigée était beaucoup plus importante.

Je veillerais au grain. Avais-je subitement endossé les habits et la conduite d'un flic ? Je crus plutôt que ce nouveau rôle flattait en moi des instincts encore ignorés. Se cacher, épier, assister à leurs manœuvres, à leurs premiers gestes ambigus, les surprendre, surgir, de quelque manière me mêler à leurs jeux interdits, à leur embrasement, car, après une période d'abstinence et de sagesse, leur ardeur devait ignorer la retenue.

Ma marge de manœuvre m'apparut étroite : soit admettre quiconque nous sollicite et devenir l'un de ces clubs où l'on papote autour d'un thé dansant, soit nous montrer exigeants au moment de l'inscription (avions-nous vraiment affaire à un ancien séducteur ?), ne pas hésiter à exclure les déviants, quitte à nous livrer à des manières d'épuration jusqu'à nous réduire à un noyau dur.

Certains candidats usurpèrent un titre qu'ils ne méritaient pas : ils avaient seulement séduit par intermittence, comme la plupart des êtres humains, et ils se paraient d'une destinée glorieuse qui leur fut refusée. D'autres espéraient tromper leur ennui, se divertir à la vue d'un spectacle peu coûteux. Quels étaient donc, pensaient-ils, ces personnages étranges que l'on nomme séducteurs ou séductrices ? Ils auraient aussi bien assisté à la conférence d'un écrivain de passage à

Montpellier (chez Sauramps) ou à Bordeaux (chez Mollat).

Nous croyons les hommes indifférents aux mots et voilà qu'ils se livrèrent à des discussions interminables pour choisir l'intitulé de l'association. Il avait été acquis qu'il serait question des « anciens séducteurs ». Une petite bande d'agitateurs a manœuvré pour que l'on inscrive plutôt le « club des séducteurs anonymes » en référence à celui des alcooliques anonymes dont le rôle a été positif. J'ai tenu bon. J'ai mis en balance ma démission s'ils s'obstinaient. « Nous n'avions jamais vécu dans l'anonymat, nous n'étions pas de la même espèce que des alcooliques cachant leur bouteille dans une commode. Nous n'avons jamais eu honte de notre condition. Nous acceptions de bon cœur de nous exposer. »

L'on nous eût confondus avec des nigauds qui font du pied sous une table ou qui rôdent le soir dans les jardins publics en quête d'une bonne fortune.

En revanche, et cette attitude en a étonné plus d'un, j'ai admis la double, la triple appartenance. Ceux qui la refusaient se conduisaient comme des intégristes. « Si vous êtes ou avez été séducteur, vous ne pouvez pas être autre chose. Si le rugby vous passionne, le football vous paraît terne (cela je l'aurais admis à la rigueur). Si vous êtes français, le reste de l'humanité ne vous importe pas. » J'aime au contraire qu'un séducteur soit aussi épris par le mysticisme, qu'il soit un fou du volant ou un conducteur trop prudent, qu'il se ruine au jeu ou, au contraire, qu'il capitalise. Voilà d'étranges métissages. Qu'il appartienne, s'il le désire, à un comité de quartier, à une association de philatélistes ! J'ai mis néanmoins le holà à un dilettantisme regrettable. Je demandais à nos adhérents de se conformer à une totale assiduité. La collection de timbres l'avait emporté autrefois sur la passion des femmes ou des hommes. Qu'il nous quitte, il n'avait jamais été un authentique séducteur.

Nous avons institué des sous-groupes, non point pour imiter l'université qui, à l'occasion des TP, divise les étudiants, mais pour tenir compte des caractères, des singularités. Ainsi il n'était pas question d'évoquer de la même manière les relations éventuelles de la séduction et de la perversion, en parler avec discrétion auprès de ceux qui, élevés dans une tradition judéo-chrétienne, conservèrent une certaine innocence et qui, au cours de leurs conquêtes successives ne furent jamais de véritables libertins. En revanche, pourquoi ne pas démonter les mécanismes de cette déviance auprès de ceux qu'une telle liaison excita et qui se crurent superbement au-dessus des lois ? En fin de compte, j'ai renoncé à ce type d'intervention. J'eus affaire à deux excités qui ne tolérèrent pas que je porte atteinte au culte de leur héros, le marquis de Sade. Ils ont préféré rejoindre une troupe de théâtre où, sous le couvert de la scène, on se livrait à toutes sortes de pratiques libertines.

On devient forgeron en forgeant, professeur en enseignant. Au fil des semaines, j'ai affiné ma pédagogie. Je projette assez souvent un film de Rudolf Valentino. Les jeux énamourés, la moustache, les cheveux gominés provoquent le rire de l'assistance. La leçon apparaît claire : « Vous fûtes vous aussi, quand vous vous prétendiez être d'aimables séducteurs, aussi ridicules. » J'ai eu honte de ma mauvaise foi car ce décalage vaudrait pour tous les engagements que nous avons vécus du dedans et qui tissèrent nos destinées : nos gestes de tendresse, nos colères, nos partis pris politiques, nos vagabondages poétiques. Ce n'est pas la séduction qui était en cause, mais le temps qui oblitère, décolore, travestit, déchaîne.

Un autre film me paraît plus digne de considération et plus « instructif » : *Pension Mimosas.* Un vieux beau (Victor Francen) cherche encore à séduire et, pour se prouver qu'il n'a rien perdu de ses pouvoirs, conduit au suicide celles qu'il a ensorcelées. Si je passe souvent ce film, ce n'est pas, soyons franc, à des fins morales, mais parce que je retrouve des stars aujourd'hui oubliées : Louis Jouvet, Mireille Balin, Louis Jourdan, Victor Francen, les studios de la Victorine et de Joinville-le-Pont.

Quelques-unes de mes étudiantes me mettaient mal à l'aise. Je me rebiffais parce que leurs visages traduisaient une âme carnassière. Leurs museaux, leurs babines, leurs mains reflétaient exagérément un besoin de chair fraîche. Un tel spectacle me rappelait un conte (un mythe) célèbre de Platon. Ce philosophe nous avertissait que dans l'en deçà, dans le royaume des enfers, nos visages s'accorderaient à la qualité de nos âmes lesquelles n'étaient jamais apparues aussi clairement sur terre. L'hyène, le renard, le pourceau que nous avions été modulerait nos traits : d'autres métamorphoses récompenseraient des êtres de qualité, empruntant alors la grâce d'une biche ou l'élégance d'une alouette.

Une telle impression était assez forte pour hanter mes rêves, tandis que je cherchais dans mon sommeil à me soustraire à la traque de l'une de ces carnassières.

Je me suis parfois demandé si mon effort pour les rééduquer n'avait pas été excessif. J'aurais voulu lire encore sur leurs visages, une part d'ombre et de lumière, un charme inquiétant. Avaient-ils plu à ce point ? A quels rendez-vous se rendaient-ils autrefois ? Ils étaient devenus ternes parce qu'ils avaient perdu l'envie de plaire. N'étais-je pas responsable d'un tel gâchis ? En revanche, je m'incline devant celui que j'avais nommé secrètement « Don Quichotte ». Insensible à nos séances, à notre illusoire thérapie, il incarnait encore l'honneur, le respect de la parole donnée, une existence chevaleresque et vouée au culte de la femme. Il s'était trompé de siècle. Il a dû provoquer le sourire de dames auprès desquelles il entendait faire preuve d'allégeance. Voûté, amaigri, le cheveu rare, la parole difficile, il méritait encore toute notre considération et dans nos excursions en car nous lui laissions le siège de devant.

Ils ont désiré fêter ensemble Noël puis le Carnaval. J'ai accédé à leur souhait. Un groupe risque de se diluer s'il ne se rassemble pas en quelques circonstances exceptionnelles. De surcroît, j'avais ma petite idée derrière la tête : enseigner le dépouillement à des gens qui, pour la plupart, vivaient dans l'aisance et le luxe. Le traiteur nous a confectionné un repas convenable mais simple. Ils ont entendu quelques œuvres de Jean-Sébastien Bach. Je m'attendais à ce qu'ils fassent grise mine, or ils ont eu l'air satisfait de mon programme. J'ai surpris sur certains de leurs visages quelque chose qui ressemblait à de la spiritualité. Au fond, séductrices et séducteurs n'étaient pas des libertins, mais des joueurs qui avaient renoncé à leur jeu favori, soit par lassitude, soit parce qu'ils avaient entrevu la frivolité de leurs entreprises. J'imagine qu'ils se sont rattrapés pour le Nouvel An. Le Carnaval ne s'est pas aussi bien passé. Sous leurs masques, par l'effet de leurs beaux atours, ils se sont dissipés avec des gestes coquins, des rires affranchis. J'ai menacé les plus audacieux, non point au nom de je ne sais quelle morale rigoureuse mais pour que nos efforts communs ne soient pas réduits à zéro. N'avaient-ils pas exprimé la volonté d'échapper à une forme de drogue pour entamer une nouvelle vie tout aussi colorée, ou inventive, mais plus sage ? Ai-je réussi ? Comment évaluer en ce domaine les progrès accomplis ? Pour un ancien alcoolique, l'abstinence, le nombre de verres bus, tout cela se mesure, mais un brin de cour, des ondes de plaisir, le vertige des sens se prêtent mal à une évaluation.

Et d'ailleurs, au terme de ces deux ans, je m'interroge sur le bien-fondé de mon entreprise. Ils ont moins souffert, ils ont moins fait souffrir, mais leur volonté de vivre n'a-t-elle pas baissé d'un ton et d'autres souffrances plus vives et celles-là absurdes ne les menacent-elles pas ? Quoi qu'il en soit, on m'a prêté des qualités et un savoir-faire pourtant bien incertains. Puisque j'étais capable d'accompagner ceux qui sans moi n'auraient pas eu la force d'aller jusqu'au bout de leur résolution, des propositions invraisemblables se sont multipliées. Dans le grand séminaire de X., j'aurais eu à décourager des jeunes gens dont la vocation était mal assurée ou, au contraire, à fortifier dans leur foi des séminaristes dont l'Église manquait cruellement. Pour mener à bien cette œuvre, il m'eût fallu savoir respirer les âmes, sonder les cœurs, et si Dieu n'avait pas la bonté d'éclairer ses futurs ministres, que pouvait un simple mortel de mon espèce !

Tout aussi chimériques me parurent d'autres sollicitations. Le comité d'entreprise de l'usine la plus importante du département me supplia d'intervenir dans une affaire de harcèlement au travail. Les plaintes du personnel étaient trop nombreuses, en ce sens qu'elles mettaient en péril une affaire qui tournait rond et qui, privée d'un bon nombre de cadres, aurait périclité. J'aurais eu à convaincre de leur infamie ceux qui abusaient de leur pouvoir. A leur intention, j'aurais créé une sous-section dans mon club d'anciens séducteurs. L'offre était alléchante. Par malheur, elle reposait sur la confusion. Les séducteurs du club que j'avais fondé avaient œuvré dans la liberté, dans le jeu. Ils avaient parfois été malhonnêtes, ils n'avaient pas l'âme noire de ces tripatouilleurs de blouses et de corsages.

A me voir me dépenser sans compter, mes proches s'étonnent de mon dévouement. Si j'avais la fibre altruiste, pourquoi n'avais-je pas embrassé des causes plus pathétiques et qui réclament l'urgence ? Les enfants battus et parfois violés, les sans-abri, les toxicos ? Je reconnais qu'il s'agit de détresses plus réelles, mais précisément je préfère m'adresser, comme je les appelle, à mes étudiantes et mes étudiants, des gens de bonne compagnie qui ne portent pas sur eux les stigmates de la misère et de l'humiliation. Je me glisse dans leurs aventures passées qui ne manquent pas de charme et j'éprouve de la honte lorsque l'on vante mon esprit de sacrifice. Sans « cette cause », la mienne, que ferais-je de plus : quelques tournois de bridge supplémentaires, quelques parties de tennis.

Comme nous sommes peu nombreux, je m'acquitte de modestes tâches qui ponctuent mes journées. Je ferme, le soir, le local déserté. Je classe les fiches. Je range les fauteuils et les tables. J'abandonne fort tard et à regret l'institut.

Certains de mes étudiants se proposent pour m'aider. Ceux-là sont sauvés. S'ils prennent plaisir à ranger les affaires, à nettoyer un local plutôt propre, c'est qu'ils sont revenus, pour toujours, à une vie ordinaire, où la poussière leur importe davantage que la poudre.

Il conviendrait de dissoudre le club. Nos adhérents se sont-ils détournés de la vraie vie ? Ne les ai-je pas fourvoyés ? Accepteront-ils la liquidation de notre société ? Ne préfèrent-ils pas la quiétude à l'aventure, le ronron de leurs retrouvailles au vertige de la liberté ? Il est vrai qu'ils ont la possibilité de demeurer entre eux en élisant un autre président. S'ils choisissent cette voie, après avoir tant œuvré pour leur bonheur, ce sera pour moi un crève-cœur.

Une singulière amitié

Le hasard nous avait placés côte à côte dans notre salle de cours (je peux parler du hasard puisque nous étions un peu plus de soixante étudiants, et nous sommes devenus inséparables, à tel point que nos enseignants nous confondaient parfois). Nous jouions de cette confusion qui encore nous rapprochait. Nous découvrions ensemble des pans inconnus de la littérature française, nous aiguisions notre connaissance de la langue grecque. Nous apprenions à disserter, à développer un concept. Un certain désarroi tempérait nos éblouissements. Les concurrents ne manquaient pas et possédaient de la valeur : anciens prix au concours général issus de familles illustres. Ils affichaient l'excellence, la facilité et, de leur côté, nos maîtres ne nous ménageaient pas. On pouvait récolter des notes négatives, allant du – 1 au – 26 dans un thème latin. Alain et moi-même faisions front, nous encouragions. Nous étions des nouveaux égarés dans ce que Paris avait produit de plus intelligent, de plus raffiné. Je m'étonnais qu'un garçon aussi brillant qu'Alain m'eût accepté comme ami : une certaine fraîcheur, voire une certaine naïveté ? De plus, chose assez rare au milieu de ces obsédés du travail, la gent féminine ne nous était pas indifférente.

Nous n'avions pas à nous fixer un rendez-vous en semaine. Tous les matins nous nous retrouvions devant la porte du lycée aux alentours de huit heures. Nous le savions d'une manière indubitable en nous séparant en fin d'après-midi après les cours. Le samedi, le dimanche, le jeudi après-midi étaient plus incertains puisque Alain logeait à la Cité universitaire (porte d'Orléans) et que je résidais rue du Petit-Musc (non loin de l'Arsenal). Nous ne disposions pas d'un téléphone. Nous nous en remettions au hasard et nous nous félicitions d'avoir à compter sur lui. Nous encourions le risque d'avoir traversé en vain une partie de Paris si l'un d'entre nous avait pris son envol. Il m'est arrivé d'attendre vainement durant quelques heures, mais quel bonheur s'il se trouvait encore dans sa chambre.

Et les femmes dans tout cela ? Nous en parlions beaucoup plus que nous ne les abordions. Néanmoins, nous ne laissions jamais passer une de ces occasions qu'une grande ville ménage. A nous deux il n'était pas périlleux d'aborder l'inconnue : à une station de métro, sur les grands boulevards, à l'entrée ou la sortie d'un cinéma. Mais notre terrain le plus giboyeux se situait dans l'un des dancings qui nous étaient familiers : le Rêve, l'Eldorado, le Balajo et surtout l'Olympia. J'évitais le Palladium qui ne m'avait pas laissé seulement de bons souvenirs.

Quand je descendais les marches du Rêve, j'apercevais des formes vert amande, jaune paille, rouge cerise. Toutes ces couleurs m'assaillaient avec une vivacité extrême. Dans la nuit du dancing, je m'approchais de mes ravies, de mes ravissantes pour les inviter à une danse. Tandis qu'Alain ne voulait pas perdre une danse, donc une aventure possible, je remontais à la surface humer l'air des grands boulevards dans l'effervescence dominicale. Puis je plongeais à nouveau dans l'antre sonore. J'étais saisi par les parfums qui, au cours de l'après-midi, s'étaient détachés des corps de mes étourdies, de mes étourdissantes. A l'instant des slows, nous titubions joue contre joue au milieu d'ondes odorantes, nous laissant emporter d'une vague à une autre jusqu'à ce que nos vêtements s'en imprègnent durablement.

Alain dansait mieux que moi, le buste droit mais sans raideur il exécutait à merveille les figures et les passes. Il n'essuyait guère de refus. On aurait pu épargner ma vanité en disant que je me débrouillais mieux au paso doble, mais cette forme de danse était peu exécutée, plutôt au final de la cérémonie, lorsqu'il était trop tard pour conquérir un cœur. Il quittait souvent le dancing en compagnie d'une jeune femme, alors que je regagnais, solitaire, mon foyer étudiant. Je savais que nous nous retrouverions le lendemain matin au cours de philosophie de Beaufret. Je ne lui en voulus pas d'être plus conquérant que moi. J'étais davantage vexé que des cavalières m'aient préféré un faux dur ou un garçon coiffeur.

A la fin de cette année privilégiée, nous avions fréquenté des lycées où siégeaient les jurys des oraux du bac. Nous avions presque l'âge des candidates. Nous pouvions sans mal nous mêler à elles et frétiller de bon cœur puisque notre avenir n'était pas en jeu. A plusieurs reprises, nous avions constitué un faux jury d'histoire. Les jeunes gens, pris par l'angoisse, ne doutèrent pas de nos qualités et de notre statut. Il était, à vrai dire, un peu cruel de nous livrer à ce jeu en une journée pathétique. Deux d'entre elles s'aperçurent que nous étions des usurpateurs et, à leur tour, se jouèrent de nous. En fait, elles étaient venues pour le plaisir, ayant déjà obtenu l'examen. Nous dûmes admettre que nous avions eu affaire à plus malicieux que nous. Toutes deux fréquentaient l'École normale d'institutrices et nous donnèrent rendez-vous à la Coupole pour le 13 juillet. Elles n'apparurent pas. Elles avaient dû, par une malice persistante, nous poser un lapin. Parce que notre désir de les revoir était fort, nous nous rendîmes à nouveau à cet établissement au début de la soirée du 14 juillet. Elles vinrent vers nous et s'excusèrent du premier rendez-vous manqué par suite d'un imprévu. Nous avons traversé Paris d'orchestre en orchestre, de quartier en quartier, échangeant nos deux cavalières. En ce jour tricolore, la chance était de mon côté puiqu'il fut exécuté beaucoup de paso doble.

Cette chasse amoureuse avait son importance, mais surtout à travers cette passion commune, nous entrecroisions nos deux existences. C'est ainsi qu'entre l'écrit et l'oral du concours, les parents d'Alain m'avaient accueilli en Normandie. Notre bonheur était sans mélange alors que nous avions suspendu notre recherche d'une belle endormie ou d'une belle pétulante. Nous prenions, chacun, un vélo. Ainsi, quand un bosquet nous paraissait propice au repos, aux rêveries, nous interrompions notre déambulation à la lisière d'un champ de blé (fort rare en cette région). Nous nous laissâmes emporter par la houle des phrases de Virgile (dans les *Bucoliques*). Corriger nos erreurs, hésiter, retrouver notre chemin dans cet hymne païen à la beauté de la terre nous enchantait. Nous reprenions nos vélos. Alain me présentait à de braves gens qu'il avait connus enfant. Le soir, sa mère nous confectionnait une bonne omelette aux champignons agrémentée d'un lait cherché à la ferme. Elle admirait mon appétit et pour me complaire, confectionnait un dessert savoureux tel un clafoutis aux cerises. Mon accent provençal ou gascon (quel était-il ?) l'enchantait. Elle voulut que je lui récite une fable de La Fontaine, tout en le conservant.

Je relève un autre trait de la tiédeur de notre engagement amoureux. Mes parents m'avaient permis de disposer de leur appartement de Nice. Ce pied-à-terre constituait un refuge, un antre précieux où mener nos victimes consentantes. Nous n'en usâmes guère, préférant butiner que lutiner. Notre méconnaissance des langues réduisait nos chances auprès des étrangères. Demeurait un joli lot, celui de nos compatriotes. Au lieu d'aller droit au but, nous prîmes plaisir à comparer leurs manières de minauder, d'embrasser, à étudier ce que représentaient des vacances sur la Côte d'Azur pour une Bretonne, une Alsacienne, une Parisienne. C'étaient pour la plupart des jeunes femmes d'une condition modeste et elles espéraient beaucoup de ces congés payés attendus durant une année de labeur, de pluie, parfois de froid. Notre sympathie à leur égard était si réelle que nous en oubliions la finalité première de notre stratégie. Il y avait de l'estime à l'égard de ces travailleuses éblouies par le soleil, par la réputation de nonchalance des Méditerranéens. Une existence souvent pénible, traversée par un peu de bonheur, méritait considération. Alors comment oser les prendre dans nos filets et les rejeter une fois consommées ! Ceci au prix de quelques malentendus. Deux filles du Nord, en pleine ébriété (ce n'était pas de notre fait) désiraient nous accompagner jusqu'à notre demeure. Elles s'agrippaient à nous. Elles chantaient à tue-tête des refrains dont nous ignorions le sens. Et comme nous les avions repoussées, elles ont crié : « Espèces de pédés ! Vous n'êtes que des pédés ! » et pour que la mesure soit pleine, elles ajoutèrent « que des doubles pédés », à ma grande gêne. Mes parents, des personnes honorables et sensibles à l'opinion des colocataires auraient été irrités s'ils avaient eu vent du scandale.

Le lendemain, sur la plage de l'Opéra ou du Ruhl, nous rencontrions nos éphémères conquêtes. Le dancing en plein air, le Palais de la Méditerranée, était d'un accès facile. Il n'était pas nécessaire de payer une consommation ou de s'acquitter d'un droit d'entrée pour y danser, à condition de ne pas nous asseoir à une table et de sortir de l'enceinte, une fois la danse terminée. Nous aimions, Alain et moi, ce va-et-vient entre le dedans (la piste de danse éclairée, au milieu des tangos, par des vénitiennes rouges) et le dehors (le ciel chamarré d'étoiles) ou encore nous hésitions entre les rythmes polynésiens d'une rumba et le mouvement incertain des vagues.

Alain me promenait sur sa Vespa. Nous vagabondions au milieu du quartier des musiciens ou de celui des fleurs, les rues Verdi et Rossini. Nous parcourions plus que de raison la rue Auber et je comprends aujourd'hui l'étrangeté de cet attachement, car cette rue était plaisante mais, enfin, comme bien d'autres rues niçoises. Nous ne dépassions jamais nos limites. Brancolar, le boulevard Carnot, Ferber et, dans mes voltes audacieuses, Saint-Antoine de Ginestière. Puisque je conçois la séduction comme un jeu pour en finir avec le sérieux et la fausse gravité, comme le désir d'avancer sans raison et de s'aventurer d'une manière plaisante dans le cours des heures, il me semble que nous en éprouvions la plus exquise saveur, non point en cherchant à plaire à une personne singulière mais par notre mode de vie. Tout nous était léger, allégement, bonheur sans arrière-pensée. Notre façon de choisir un restaurant au dernier instant et, quel qu'il fût, une brise légère virevoltait à l'intérieur de la pièce. Les serviettes, les nappes, les plats me semblaient d'une exquise fraîcheur. Nous ne nous offusquions pas de la couleur rose des serviettes de table de la Petite Biche, la cuisine y était simple et raffinée. Les rues parcourues à la lenteur de la Vespa affichaient une douceur marine. J'avais le pressentiment de nos dernières vacances communes et cette expression convenue résonnait en moi. Des vacances qui résumaient toutes les vacances antérieures et qui n'ouvraient pas sur d'autres vacances, de là leur prix inestimable.

La vie nous a séparés. Alain a bifurqué du côté de l'ENA où il s'est lié d'amitié avec quelques camarades de sa promotion. Puis il a créé une agence de plein-emploi qui l'accaparait. Désormais je me rendais seul à nos dancings. Quelques cavalières du Balajo me demandaient des nouvelles du « danseur » (un titre élogieux dont elles avaient gratifié Alain). Je parcourais les rues comme un piéton tranquille, indifférent à ce qui s'y tramait. Il m'est arrivé quelques aventures, mais le cœur n'y était pas. J'étais en cessation d'activité d'amitié comme d'autres, à l'annonce d'une faillite, sont, dans les affaires, en cessation de commerce. Vous n'allez pas demander à un failli de rire et de s'esbaudir. Je portais sur moi, trop tôt à mon gré, les habits mélancoliques d'une amitié, d'une adolescence disparues.

Les quatre saisons

J'ai voulu exhausser mes prétentions : en quémandant les faveurs d'une plus jolie, d'une plus fortunée, d'une âme plus pure et plus bienveillante ? Mais cela ne me disait pas grand-chose et les personnes qui acceptaient de s'intéresser à ma personne étaient assez jolies, bienveillantes à mon égard et l'eussent-elles été davantage que j'aurais été gêné de fréquenter des êtres d'une telle qualité. Ce dont j'aurais voulu bénéficier, c'était d'une chose moins recherchée et au fond plus rare : qu'elle m'accompagne le long des saisons, qu'elle m'aide à mieux les parcourir. Étais-je trop exigeant ? Je le crois. Mais, qu'est-ce qu'une vie réussie sinon celle qui s'accorde avec plus de noblesse et d'attention au cours des quatre saisons qui composent une année ? Ne pouvais-je pas me débrouiller tout seul et tant qu'à faire dans ce désir d'être aidé, j'aurais pu souhaiter la présence d'une personne me guidant au moment de traverser la rue, d'acheter une chemise, un caleçon, de remplir ma feuille d'impôts ! Je me chargeais de l'intendance. C'est dans le domaine de l'affectif, du spirituel, que nous nous montrons aveugles, manchots.

Je m'aperçois aujourd'hui à quel point mon souhait était une chimère. Si j'avais eu la sensibilité nécessaire pour percevoir une personne d'une pareille vertu, cette même finesse m'aurait permis d'accueillir par la suite toutes les saisons, sans m'en remettre à autrui.

Je l'ai aperçue sur un pont, accoudée à une balustrade du fleuve, malgré une nuit de plus en plus froide, couverte d'un manteau de fourrure, coiffée d'une toque, elle aussi de fourrure. Elle aurait pu passer pour une élégante déplacée en ce lieu et quelque peu chichiteuse. Mais à qui, en cet endroit désert, aurait-elle pu vouloir se donner en spectacle ? J'ai été assez intelligent pour comprendre qu'elle voulait avant tout rendre hommage à l'hiver. Elle aimait le froid. Elle ne se détournait pas de lui. Elle se laissait emporter par lui et tant mieux si le vent soufflait avec beaucoup d'âpreté. Son visage resplendissait et il aurait perdu son éclat si le froid avait été moins vif. Je ne lui ai pas adressé un mot. Il aurait été inconvenant de converser avec cette statue de givre et d'éclats polaires, stellaires. Elle est repartie à une heure avancée de la nuit. Restitué à ma responsabilité de faire vivre, sans une quelconque aide, l'hiver.

Les beaux jours sont presque revenus. Nous étions quelques-uns à les pressentir. Elle déambulait autour de la guinguette qui bientôt ouvrirait ses portes. Elle dédaignait les soldes d'été qui déjà faisaient fureur et qui témoignaient à leur manière de la venue du printemps. Elle aimait la pluie, cette pluie avec laquelle avril ravive la tenture des cafés et rend les villes aimables, alors que la plupart d'entre nous, nous plaignons de ces averses improvisées, injustifiées mais qui, bien au contraire, dans leur fausse fraîcheur (elles sont tièdes) expriment à merveille le printemps. La guinguette à rouvert ses portes. Nos jambes étaient en manque de tangos, de valses. Nous avons dansé jusqu'au vertige. Elle a été sensible au charme d'un garçon de vingt ans qu'elle m'a préféré.

L'été, je le savais d'expérience, ne se traverse pas aisément. Ainsi rendu à moi-même, privé de toute obligation, je côtoie des précipices de néant. J'aurais pu séjourner dans une petite ville de province où j'avais passé mon adolescence. Quelques vieilles personnes se barricadaient dans leur appartement et attendaient que ça se passe. Les ténèbres de leurs demeures en une période où le soleil gicle de toutes parts constituent une escale agréable. Mais cette petite ville, je ne lui avais plus rendu visite depuis longtemps et elle avait dû perdre son charme désuet au profit d'une rue piétonne, d'un pub à la mode. Et puis, je n'avais pas encore l'âge de m'immerger auprès de vieillards ronchons. Je suis demeuré à Nice, sur le qui-vive et j'ai trouvé que l'été n'y était pas aussi horrible que je le prétendais. Au bord de la plage du Ruhl, une jeune femme, à la suite de je ne sais quelle idée folle, m'a aspergé d'eau : une eau bénite puisqu'elle devenait la complice que je n'espérais plus. Elle savait prolonger en ma compagnie le petit déjeuner lorsque l'appartement bénéficiait encore des embruns de la nuit. Aux alentours de midi, nous brûlions sur les galets incandescents de la plage, avant de revenir chez moi à plus de tempérance. Feindre le sommeil jusqu'à ce que le ciel se montre moins ardent. Quand nous nous promenions, elle respirait à merveille d'instinct, sans le moindre conseil, les passages alternés de fraîcheur et de torpeur.

Je l'accompagnais parfois sans conviction dans une boîte. Elle s'y étourdissait. J'aurais supporté par amitié pour elle le bruit, mais, en conséquence, elle désorganisait mon emploi du temps, je veux dire ma façon de capter les ombres, de déjouer les maléfices du soleil ou au contraire de nous y abandonner en nous crucifiant sur une plage brûlante. Elle se réveillait trop tard pour jouir d'une fraîcheur expirante. Nous allions au bord de l'eau à l'heure où les plages sont encombrées de touristes, de familles. Je lui ai suggéré, timidement, les dégâts de son inconduite. Elle s'est rendue seule en boîte. Un matin, elle a rassemblé ses quelques affaires et s'en est allée.

D'autres que moi se débrouillent fort bien avec l'automne. L'odeur retrouvée des écoliers en socquettes, des collègues de bureau, la promesse de quelques événements de qualité, le plaisir de raconter leurs exploits et de ne pas avoir gâché en vain tant de pellicules les stimulent. Certains de mes semblables, à l'instar d'un cheval fringant, piaffent à la pensée de galoper à nouveau sur le tuf. Mon automne n'était pas le leur. Je l'avais vécu à la campagne, tout occupé par les vendanges, la recherche des cèpes, le toucher des livres neufs ou presque neufs. L'automne aurait été une faribole s'il n'avait pas signifié que bientôt la terre s'ensommeillerait, que pour l'instant, et sans coup férir, nous devions nous emparer des derniers fruits de cette même terre. Les longues promenades en forêt, les mélancolies distinguées, nous les laissions à des beaux esprits improductifs. Hélas, j'étais en passe de rejoindre leurs rangs et l'automne me laissait désarmé. Mes terres étaient brûlées, non point par un été dévastateur, mais par une modernité impitoyable à l'égard de ce qui pousse dru et sans souci de plaire à qui que ce soit.

Adieux aux forêts, aux volcans, aux terroirs, aux villes trop bien léchées ! Je l'ai rencontrée, ma divine, ma grande prêtresse, le long de l'océan. Elle marchait, tête et corps aux vents, parfois sur la grève, parfois le long de ces villes marines presque désaffectées. Elle avançait et reculait aux ressacs de la mer, et par l'effet de celui (en déclin) du jour. Elle faisait front, sachant que la lutte était inégale, condamnée à céder du terrain. Nul n'aurait osé s'en offusquer si elle n'avait poussé des cris étranges, si elle n'avait pas intimé aux restaurants, cafés encore ouverts de prendre des mesures urgentes. Je l'admirais en une époque insensible et si bien protégée par l'arsenal des techniques de témoigner d'une panique provoquée par l'obscurcissement de la nuit jusqu'à cette mise en ténèbres de toute la terre. Elle a été conduite et retenue dans une maison spécialisée. Je n'ai rien pu pour elle. Eussé-je insisté que l'étrangeté de mon personnage les eût conduits à me garder sous leur aile protectrice.

Privé de mes complices, je n'ai plus le goût de traverser les saisons. Peut-on avoir le courage de parcourir une année privée de ses quatre saisons ? Une telle arithmétique me déconcerte et me rend amer. A y bien réfléchir, la chose n'est pas impossible. Nous consommons des tomates, des raisins, qui, étant toujours disponibles, échappent à l'alternance des saisons. Dans quelques résidences (quelques maisons) de luxe, des personnes âgées et ridées vivent, dit-on, un éternel printemps. Et tous ceux qui vantent les bienfaits de la climatisation ou qui ronchonnent contre les frimas de l'hiver et les coups de chaleur de l'été adhèrent à ce mode d'existence.

Pour ma part, ayant renoncé à ce qui constitue l'essence de la vie, sans l'énergie de séduire dans un monde insensibilisé, où trouverais-je les ressources nécessaires pour gambader, sautiller, m'émoustiller, esquisser une pavane autour d'une personne plaisante ?

Une veuve, sinon rien

Je ne suis pas un tenant de l'ordre établi, loin de là, et l'on me concède même une belle part de fantaisie et l'on me reproche souvent d'être imprévisible. Mais précisément, un funambule pour exécuter ses numéros a besoin de repères. Il lui faut situer exactement le fil invisible sur lequel il avance. J'étais également le tenant d'une vieille esthétique sensible à la liturgie. J'aurais aimé que chacun d'entre nous assume ostensiblement son rôle et joue avec propos sa partition de manière à rendre polyphonique le concert social.

C'est pourquoi j'ai cessé de fréquenter les militaires (qui, il est vrai, n'appartenaient pas à mon cercle d'intimes) le jour où ils se sont attachés à se confondre avec les civils. Plus de cheveux en brosse, plus de sticks à la main, plus de peau tannée par le Sahara et brossée par le sirocco, plus de bottes lustrées par la main corvéable d'un appelé. Il en fut de même avec le clergé quand j'ai rencontré des prêtres en short, jouant de la guitare, usant d'un langage de banlieusards à tel point que je n'entendais pas le sens de la plupart des mots dont ils usaient, dans leur ignorance de la langue latine, celle de l'Église, frottée de gallicismes. J'ai en vain rôdé dans une ville pour me rencogner à l'ombre d'un confessionnal propice à l'aveu, aux chuchotements, à la faute et aux repentirs. J'ai résisté lorsque l'on m'a invité à une repentance collective de quelques fidèles que cette séance de psychothérapie semblait satisfaire.

Il n'y avait pas plus d'orphelins et de divorcés que de militaires ou de prêtres. Une orpheline bon teint, quel que fût son âge, n'avait pas besoin de porter des vêtements sombres (encore qu'un petit chapeau noir eût quelque chose d'émouvant pour manifester la tristesse de son état). Un triste sourire, une écriture triste, les yeux tournés vers l'invisible et leur pupitre, leurs cahiers de classe, leurs sourires s'emplissaient de désarroi et leur entourage aurait trouvé inconvenant en leur présence de parler trop fort, de claquer leur langue en dégustant un bon vin, de s'étirer voluptueusement au soleil revenu. Une orpheline de cette race attirait la compassion mais encore davantage quelques vautours. Il est des charognards que la misère morale excite et attire. Ils prétendent consoler, prendre la place du disparu, inciter à la vie et à ses jeux pervers l'innocente qui ne sait pas comment refuser.

Les divorcés, à leur tour, nous avaient abandonnés. Le divorce était devenu trop banal pour qualifier celle qui en avait fait l'expérience. Était-il encore un fracas dans le cours d'une vie ? La mode voulait que l'on se quitte bons amis et l'on continuait à s'inviter au restaurant (le petit italien qui cuisinait si bien l'*osso bucco*), à passer ensemble des vacances, en présentant à l'ex le nouveau conjoint prénommé à soixante ou soixante-cinq ans « mon copain » ou « ma copine ».

Il était loin le temps où une femme portait sur son visage la marque de son divorce, celle que l'on déchiffrait tout autant que celle de la guerre sur le visage d'un seigneur au retour d'un long conflit. Il est vrai que déjà nous devions avoir assez de flair pour discerner parmi les divorcées, les accidentelles et les essentielles. Le divorce avait frappé les premières sur un mode contingent. Le sort aurait pu les frapper d'une autre manière en contractant une grave maladie, en déclenchant dans leur demeure un incendie. Les autres en étaient les instigatrices. Au fond elles ne s'étaient mariées que pour briser leur ménage, introduire la désolation dans une belle-famille dont l'entente, le bonheur leur faisaient horreur. Certaines d'entre elles n'entraient pas dans l'une ou l'autre de ces catégories. Ce n'étaient pas des bécasses, des victimes. Ce n'étaient pas non plus des anges exterminateurs. Une fois divorcées, elles se trouvaient à la périphérie de la vie sociale. Étant hors la loi, elles se conduisaient, en toute logique, comme des apaches, des aventurières. Elles exploraient les banlieues de l'ordre établi et elles y découvraient des caves, des terrains vagues propres à la violence ou à un amour fou ; non point perverses mais extravagantes, capables de coups de générosité et aussi de coups tordus.

Quand l'un d'entre nous entreprenait une divorcée, il ne devait pas se tromper sur l'espèce. Une circonstancielle : on courait le risque de l'entendre se lamenter et il fallait se livrer à la tâche d'une consolation interminable, tout comme l'est une cure en analyse. Les essentielles : accepter de brûler avec elles, de subir la répudiation, la traque sociale. Enfin d'autres nous semblaient mériter notre attention. En leur compagnie, il se produisait chaque matin, chaque jour quelque chose d'inédit, chaque présent serait une offrande à la vie, au hasard. Elles ne cesseraient jamais de nous surprendre. J'étais trop prudent pour encourir un tel risque.

Avaient également disparu les vieux garçons, les vieilles demoiselles de province (à ne pas confondre avec les vieilles filles), les titis parisiens, les gones lyonnais, les gâte-sauces, les adolescents boutonneux, les gigolos-gigolpinces (ne pas confondre avec ceux qui hantèrent les casinos de Megève et ceux qui dansaient le tango à Juan-les-Pins), les aumôniers, les poilus (14-18) et, pour mon malheur, étaient devenues fort rares les veuves, car au fond peu m'importait de ne plus rencontrer de vieux garçons, condamnés éternellement à des parties de billard au grand café ou de gones lyonnais tapis dans les traboules, de gâte-sauces transportant des vol-au-vents garnis de ris de veau et non de vulgaires quenelles. Ma visée était plus noble. Elle concernait celles qui désormais ont voué leur existence à la mélancolie, source de si beaux poèmes et de chagrins profonds comme des divans ou comme des miroirs, je veux dire les veuves.

Je déplorais donc en particulier la disparition des veuves. Je ne songe pas à des personnes éprouvées par l'âge et l'on serait en peine de savoir quels événements les ont ainsi machouillées. Je ne pense pas pour autant à des femmes qui, après avoir perdu leur mari, ressemblent à toutes les autres et pourraient aussi bien être des divorcées, des célibataires endurcies – et, ma foi, aujourd'hui, à quels signes distinguer une femme que la mort a séparée de son mari de celles qui se sont séparées à une ou plusieurs reprises de leur compagnon ? Il fallait que ma veuve se consacre à son veuvage – j'excluais donc les personnes pauvres ou d'une médiocre condition, qui ont d'autres soucis en tête – tout comme, à l'évidence, les femmes vouées à une passion exclusive sont, dans le théâtre de Racine, des princesses, des reines toutes occupées à aimer, à mourir.

Alors que j'avais renoncé à une quête incertaine (autant partir à la recherche d'Yseult, d'Aurélia), je l'ai rencontrée dans le club de tennis où je m'étais inscrit. Je n'ai pas douté, c'était bien elle. Elle ne s'habillait pas de noir. Elle n'affichait pas un air chagrin. Disons plutôt que, sans être distante, elle était lointaine, comme si elle n'était pas de ce monde et le considérait distraitement à partir d'un autre temps, celui qu'elle avait partagé avec un être aimé. Elle semblait prendre intérêt à nos bavardages quand ils concernaient l'actualité, les affaires, le retour de Sampras, les colères de Rios. C'était, je le pressentais, par politesse et pour ne pas nous choquer par son indifférence.

J'ai cru discerner des signes plus nobles. Le temps révolu, le bonheur de jadis s'étaient déposés sur son visage et l'avaient poli, empreint d'une sérénité sans pareille. Il arrive que le passé nous marque, nous chiffonne. En ce qui la concernait, bien au contraire, il l'avait allégée de ce que la vie a souvent d'excessif, il l'avait rendue, de quelque manière, irréelle, contemporaine d'une époque où le temps ne s'écoulait pas comme un fleuve impétueux. J'éprouvais cette même émotion face à un vase précieux que d'autres hommes, d'une autre culture, ont façonné pour nous et dont nous ne déchiffrerons jamais tout à fait le sens.

J'étais heureux qu'elle se prénomme Edwige, le prénom d'une star de l'avant-guerre, Edwige Feuillère, ou celui d'une duchesse autrichienne. D'autres femmes auraient demandé qu'à l'avenir on les prénomme Maud ou Chris pour paraître plus modernes. Yvonne, malgré la délicieuse Yvonne Printemps et malgré Yvonne de Galais, ne m'aurait pas convenu. J'aurais trop vite songé à la femme du Général, un être discret, par certains côtés admirable, mais une excellente mère de famille, ce qui eût nui à mes penchants romanesques. Nous avons formé un double à l'occasion d'un tournoi salade pour lequel on forme des paires hasardeuses. Nous avons gagné, grâce à elle, ce modeste tournoi. Elle avait un excellent toucher de balle et une intelligence remarquable du jeu. J'ai commis quelques bévues que son mari, j'en suis persuadé, n'aurait pas commises. J'ai chassé cette pensée amère. Je n'étais pas là pour me substituer à l'irremplaçable, en outre j'avais placé quelques balles décisives.

Au dîner du club, nous fûmes placés l'un à côté de l'autre. Je bredouillais plus que je ne parlais. Mieux valait, pensais-je, paraître emprunté que trop habile. C'est ainsi que, dans sa bienveillance, elle interpréta mes silences et mes phrases embarrassées. « Nous sommes tous deux des solitaires. » C'était me prêter trop de vertu. Nos solitudes ne pouvaient pas se comparer. La mienne était faite de timidité et aussi de méfiance à l'égard de ce qui m'entourait et que je dépréciais au regard de chimères d'autant plus élevées qu'elles n'existaient pas. Je présume que pour sa part, elle était comme un voyageur qui revient d'un long périple, qui, après avoir exploré de magnifiques contrées, peine à revenir à des terres plus ordinaires. Je l'observais tandis qu'elle conversait avec son voisin de gauche. Le front dégagé, les pommettes haut placées, elle portait sur elle quelque chose de rude. Mais avons-nous le droit de détailler ainsi une personne ? L'aurais-je voulue les lèvres gourmandes, une chevelure exubérante ? Et dès qu'elle s'amusait, elle procurait l'apaisement à ceux qui la contemplaient.

Elle m'invita le jeudi suivant à nous rencontrer dans un salon de thé. Elle renonça à ce premier projet. Dans ce genre d'établissement, quand des personnes d'un certain âge se rencontrent, c'est sur un mode clandestin. Elles ébauchent, à l'abri du qu'en-dira-t-on, une idylle plutôt ridicule. Il fut donc décidé que je me rendrais chez elle aux alentours de dix-sept heures. Le thé se transforma en un goûter. Je ne fus pas déçu, non point parce que le chocolat avait été préparé selon les règles de l'art, mais parce qu'elle vivait en convenance avec les lieux, une sorte d'hôtel particulier. A l'entrée de l'immeuble figurait encore la plaque de son mari, ancien professeur de médecine à la faculté de Montpellier (et ses livres entrevus à sa bibliothèque me confirmèrent que c'était un authentique humaniste, accordant de l'intérêt à des œuvres romanesques de qualité, à des essais philosophiques). L'escalier n'aurait pas toléré qu'on le gravît avec désinvolture. Au-delà de la vertu, de l'ameublement, j'admirais l'ampleur de volumes propres à accueillir le silence et, pourquoi pas, une forme de méditation, d'oraison. Il aurait été inconvenant, en ces lieux-là, de se montrer mesquin, revanchard, vaniteux. Si je devais me réconcilier avec moi-même et me pardonner de n'être que ce que je suis, ce serait en ce palais et non point dans un monastère ou dans une quelconque ferme retirée.

Je me montrais toujours discret. Un mois plus tard, elle m'a invité à déjeuner. Dans le salon où elle m'a cette fois accueilli, mes yeux ont rencontré le portrait de son mari, le professeur à la faculté de médecine. Il devait avoir été photographié encore étudiant, car il m'apparut si jeune, et je me sentis, du même coup, si vieux. Son image figurait elle aussi dans la chambre nuptiale et aussi était-il à même de veiller au plus près sur la fidélité de sa femme. Le déjeuner terminé, elle a suggéré une promenade. Je n'avais pas de but défini en tête. Elle m'a proposé de rendre visite, selon son habitude, à la tombe du défunt. J'aurais pu m'offusquer d'une telle proposition. Y voir un message destiné à me maintenir à ma place, à ma petite place.

Je n'ai pas cédé à une pensée aussi basse. J'ai estimé qu'elle ne voulait pas sacrifier son mari disparu à une amitié récente. Quand plus tard elle a relégué la photo au fond d'un couloir (sans doute avait-elle agi par délicatesse, ne voulant pas être de ces veuves qui imposent à leur prétendant la mémoire de qui les aima autrefois, et alors pourquoi ne pas s'agenouiller au pied du lit et chaque soir prier pour que Dieu s'occupe au mieux du défunt ?), je ne fus pas flatté mais inquiet. J'aurais préféré qu'elle se montrât intraitable. C'est une femme insensible au temps et à ses trahisons que j'avais admirée avant de lui accorder ma tendresse.

Cette modification dans le cours de son existence n'était pas la seule. Elle s'est habillée de couleurs plus gaies, a raccourci la longueur de ses jupes. Elle s'est délestée d'un mobilier trop imposant à ranger, préférant le suédois au normand, le teck au noyer. J'ai redouté un instant qu'elle ne recouvre d'une moquette le parquet aux trois essences. Il m'a semblé qu'elle s'était défigurée. Le visage aimé, que j'avais associé à un certain silence, aux contours des pièces avait perdu un peu de sa noblesse.

Toutes les saisons y avaient leur chance. L'hiver, à l'abri de ces lourdes tentures, de ce temple retiré des caprices du ciel, on y ignorait la méchanceté des éléments. Tout au plus entrouvrait-on l'un des voilages pour voir s'il neigeait et si les intempéries n'avaient pas emprunté la forme la plus élégante qui soit, celle de flocons en train de virevolter. L'été, on y faisait relâche, en abandonnant aux nigauds la tentation de griller sur une plage ou de s'agiter dans une discothèque. Durant les heures les plus chaudes, le silence de la ville s'y redoublait, se métamorphosait en un autre silence plus pur, en quelque sorte expurgé des miasmes de la torpeur. Le printemps désirait se rebeller. Au-dehors un oiseau cherchait à attirer l'attention par un chant monotone, l'exhalaison d'un arbre riverain y pénétrait et paraissait aussi déplacé que le parfum d'une cocotte.

J'en subissais le charme tout autant que celui de la personne d'Edwige. Quand elle en a pris à son aise avec les vertus de sa demeure, j'ai pressenti que notre entente prendrait bientôt fin. Elle a ouvert grand les portes du temple. Elle a écouté sans agacement le piaillement imbécile des oiseaux. Elle s'est penchée pour respirer à pleins poumons l'air du dehors.

Je suis devenu jaloux. Je n'avais jamais éprouvé un tel sentiment à l'égard de ce mari avec lequel elle avait partagé une grande partie de son existence, dont elle modulait le prénom comme si elle le rapprochait d'elle, dont elle me rapportait, en toute simplicité, les bons mots, l'obligeance, la curiosité, et même les manies. En revanche, je n'admettais pas qu'elle ait préféré, car en l'occurrence il me paraissait qu'il fallait choisir, son époque à ma personne. Des suggestions autrefois innocentes me blessaient dans la mesure où je mesurais ce qui désormais nous éloignait l'un de l'autre : la représentation d'une nouvelle pièce, d'un film qui sortait en salle, la visite d'un quartier à la mode, tout cela je l'acceptais tant qu'elle s'était montrée distraite à tout ce que l'époque nous imposait. Maintenant qu'elle y avait pris goût, son appétit me semblait insupportable.

J'ai souvent prétexté un début de grippe, une migraine tenace pour ne pas l'accompagner. Comme je savais encore me moquer de ma personne, je me comparais à une femme qui, pour se dérober au devoir conjugal, s'invente des douleurs imaginaires.

Quand elle tardait à revenir, je ne trouvais pas le sommeil. Je n'imaginais pas un amour de rencontre. Ce n'était pas son genre, mais quel était son nouveau genre ? D'aller danser dans une boîte puis de prendre une chambre de passage dans un hôtel, il n'en était pas question, mais le mal n'en était pas moins grave. Elle m'oubliait. Elle rompait le pacte d'amitié, en s'abandonnant, en défaillant aux délices de ce qui brille, à l'exaltation de la vie mondaine. Sans doute désirait-elle rattraper le temps perdu au cours de son veuvage, de sa claustration volontaire. En son absence, disposant d'une certaine durée, je remettais à son ancienne place le portrait du cher disparu. Je dialoguais avec lui : « Tu vois ce qu'elle est devenue. Je n'ai pas su te la garder. Ne reviens pas parmi nous. Tu ne la reconnaîtrais pas. » Puis, je disposais à nouveau la belle image au fond du couloir où désormais elle avait été reléguée.

Je feignais le sommeil quand elle me rejoignait. En pure perte. Elle entendait me réciter les merveilles d'une soirée qui m'auraient enchanté. Elle vantait la beauté étrange d'une pièce « cynique, au fond désespérée », l'étincellement d'une capitale en fête, la joie sans scrupule de ceux qui, possédant la richesse et le pouvoir, se vautrent dans le bonheur.

Nous nous sommes séparés sans éclats de voix, comme d'honnêtes gens. Avec une certaine finesse, elle m'a fait remarquer que nous avions échangé nos rôles. Elle avait cessé d'être une parfaite veuve, tandis que j'endossais le personnage d'un veuf, veuf ou orphelin d'une époque chimérique, qui, sans doute, n'avait jamais existé et dont je portais le deuil.

J'assumais avec peine ma nouvelle liberté. Je me croyais épié, encerclé. Je déambulais au milieu des ruines que la modernité avait accumulées autour de moi, comme en état de légitime défense. Si j'avais été un dictateur, un homme de pouvoir, j'aurais répliqué par le feu et par le sang. Dans mon état d'impuissance, je me contentais de persifler et de râler. En effet, je n'étais qu'un râleur et je m'étais refusé, sans raison, la tendresse d'Edwige.

Dans cette ville vacante, à la fois bruyante et taciturne, je me suis trouvé un but. Je me rends fréquemment à la tombe de son mari. Je n'ose pas néanmoins y déposer des fleurs, car à quel titre me serait-il permis de le faire ? Je n'y ai jamais rencontré Edwige. Je suppose (j'ai conscience d'être injuste et méchant) qu'elle l'a lui aussi largué. J'aperçus bien quelques veuves, mais aucune d'elle n'approchait en mélancolie, en dignité, en beauté ma princesse des royaumes nocturnes.

Une authentique veuve, sinon personne. C'est pourquoi j'ai renoncé.

Le dispensateur de sourires

J'ai vagabondé. J'ai perdu mes repères. Je me suis présenté sans trop d'espoir à un concours d'une mutuelle dentaire où j'ai réussi et j'ai été versé à la caisse régionale de Lyon. Par bonheur, j'ai trouvé un logement du côté de la Guille (la Guillotière), un quartier encore populaire et chaleureux. Mon affabilité campagnarde n'y était pas déplacée. Les commerçants (une boulangerie, une boucherie, un bistrot) et leurs habitués s'y serraient la main, se tapaient sur l'épaule, aidaient un gamin ou une vieille personne à traverser la rue. Ainsi encouragé, je continuais à saluer comme à Monclar d'Agenais les inconnus que je rencontrais sur mes chemins. Mes chemins, parce que les rues apprivoisées par ma bienveillance méritaient ce titre, même lorsqu'il s'agissait d'avenues ou de placettes. Peu de personnes résistaient à mon appel : à peine quelques vieux grincheux en hargne contre l'existence ou des gamins indifférents, virevoltant comme des étourneaux. Après ma venue éphémère, des couples amoureux s'enlaçaient avec encore plus de tendresse. Une mère de famille nombreuse entourée de cinq enfants s'émerveillait et s'arrêtait pour me suivre des yeux.

Une maison bancale reprenait de l'allant et cherchait à se redresser. A quelques reprises de mon existence, je m'étais surpris. Ainsi le jour où lors d'un concours de tir au XIe BCA, je l'avais emporté alors que moi, le maladroit, j'étais en compétition avec d'excellents fusils – ou encore cette autre fois où j'avais porté secours à une vieille dame en danger et fait reculer deux chenapans musclés et, semble-t-il, déterminés. Seulement, un tel pouvoir étrange dépassait quelques exploits dont j'étais fier. N'étais-je pas dupe d'une flatteuse illusion ? Je prenais peut-être pour des sourires un début de grimace ou un regard rêveur ou l'éclat du soleil sur un visage.

Le témoignage d'Henri Leroux me rendit à l'évidence. Il officiait dans la même compagnie d'assurances que moi. Lui aussi originaire de Marseille était en quelque sorte un expatrié dans l'ancienne capitale des Gaules. D'une nature curieuse, il avait voulu savoir ce que je fabriquais, une fois le travail terminé, dans cette ville de Lyon. Afin de poursuivre son enquête sans être découvert, il m'avait suivi à distance. Or il avait dû s'avancer à contre-courant, face à un sillage de visages souriants dont j'étais incontestablement l'auteur puisque, en dehors de ma présence, la ville demeurait ce qu'elle était, composée de gens affairés et distraits. Si je tournais à gauche, l'écume joyeuse se déplaçait à gauche. Si je rebroussais chemin, des vaguelettes de bonheur refluaient elles aussi.

Henri Leroux m'en fit part et il me fut interdit de douter de mon pouvoir. Il me promit de n'en rien dire aux autres collègues du bureau. Je ne désirais pas devenir un objet de culte. Il existe déjà de par le monde assez de saints, d'apôtres, de stars, de pop stars. Je lui permis de reproduire l'expérience et il s'avéra qu'il avait dit vrai. Dans les squares, les enfants cessaient de jouer entre eux et faisaient cercle autour de mon banc. Des collégiens virevoltaient sur leur moto et me frayaient un passage, tel un préfet ou un président précédé par un essaim de motards.

Capable de dispenser des sourires, je fus aussi, phénomène plus rare, susceptible de les transformer sans aucun recours à la chirurgie esthétique. Songez que, durant des années, notre sourire habituel a exercé certains muscles au détriment des autres, qu'il soulève certaines chairs, creuse quelques plis et qu'une telle modification nécessiterait de grands travaux de réfection. Ce qui eût exigé de la part des chirurgiens une longue durée, je l'accomplissais naturellement en quelques secondes. Je libérais un sourire contraint. J'ôtais à un sourire béat sa niaiserie. Je ne connus d'échec qu'avec les sourires coincés ou plutôt, en les décoinçant, je laissais les pourtours d'une lèvre gauche ou droite (selon qu'il s'agissait d'une gauchère ou d'une droitière) en l'état, et apparaissait un vide inquiétant entre la lèvre et la partie inférieure de la joue qui s'était élevée avec grâce. J'ai modifié quelques sourires cristallins. J'avais été sensible à leur étrangeté et à leur charme. Mais j'étais surpris qu'ils aient emprunté, sans une quelconque autorisation, un attribut réservé au rire. Ils risquaient d'émouvoir outre mesure des cœurs en forme de baccara. J'ai connu mes plus belles réussites avec celles qui souriaient jaune. Je n'ai aucun préjugé à l'encontre de cette couleur lorsqu'elle est paille ou or. Mais en pareil cas, elle évoque plutôt l'écume acariâtre de la bile. L'une de mes passantes afficha un sourire bleu tendresse et toute la rue claqua, claironna sur ses pas. Je ne m'en tins pas à cette couleur. Il y eut des sourires vermillon, rouge vif, vert lavande, blanc crème, une explosion effervescente comme lors d'une belle exposition florale. J'étais d'autant plus ravi que je les savais promises à un proche bonheur. Dotées de sourires aussi rares et exquis, elles trouveraient sans peine l'âme sœur. Le hasard me les fit rencontrer toujours solitaires. L'étrange devait alarmer ces messieurs au lieu de les fasciner ou peut-être, en quelques minutes, leurs incarnats se défraîchissaient-ils. Le leçon me ramena à plus de modestie. Je n'étais pas, loin de là, un dieu. Je dispensais seulement de l'éphémère. Mais le Père éternel est-il lui aussi en mesure de nous gratifier d'autre chose que d'éphémère ?

J'ai laissé à cette autre personne un sourire proche de celui de la Joconde, qui la faisait paraître bête, mais dont elle était si fière. Je n'étais pas là pour faire le bonheur de mes semblables malgré eux. On eût pu aussi bien me reprocher de ne pas avoir adouci les sanglots d'une malheureuse, de ne pas avoir atténué la colère d'un homme furieux. Qu'il soit clair que je n'avais rien demandé et rien choisi. Le don étrange qui m'avait échu m'inquiétait plutôt : ne me désignait-il pas à la jalousie des hommes, puis à celle des dieux ? L'aurais-je pu qu'il m'eût paru indélicat de me mêler à une peine extrême, d'y mettre mon grain de miel ! Quant aux furieux, qu'ils s'étranglent dans leur fureur. En tout état de cause, je n'étais pour rien dans mes interventions involontaires. Certains chiens aboient à la lune, des boulangers endossent à l'aube une blouse blanche, des enseignants apprennent à des enfants l'orthographe. Pour ma part, je souriais à qui voulait bien me sourire. Mais cela a suffi à éveiller les soupçons de ceux qui ont la charge de l'espace public.

Les autorités n'aiment pas le désordre et que l'on improvise sans une autorisation accordée en bonne et due forme. Cela apparaissait comme un scandale, tous ces cortèges pacifiques alors que la violence était à l'ordre du jour et ces travailleurs qui flânaient au lieu de se rendre vite fait à leur bureau et ces promeneurs qui, au lieu de regarder les marchandises exposées au devant des vitrines, se considéraient aimablement et rendaient grâce à l'espèce humaine d'être aussi plaisante.

Les autorités ont prêté l'oreille à quelques lettres anonymes et à des plaintes circonstanciées. Une partie de la population alertée par la pédophilie sonna à la charge et réclama des mesures à mon encontre : j'aurais entraîné des collégiens hors de leur collège et des enfants en des lieux peu éclairés des jardins publics.

J'aurais pu protester de mon innocence, prendre à mon tour l'initiative comme l'on dit dans notre jargon politico-sportif. Je fus lassé d'être suivi, comme un homme politique ou une personne dangereuse, par des agents de la sécurité. J'ai rengainé mes bonjours, mes sourires. Je devins aussi maussade que les avenues que je traversais. Il flotta une sorte de tristesse sur la ville. Mes ravies conservèrent pendant quelques mois le souvenir des bienfaits que je leur dispensais. Puis, comme le propre de la mémoire est de s'estomper avec le temps, elles crurent avoir été abusées par une illusion partagée.

De ces bonjours, de ces sourires inemployés, je ferai plus tard, beaucoup plus tard, bon usage dans ma future maison de retraite – à l'égard des aides-soignantes qui répareront « mes grosses bêtises », de mes docteurs hésitant à me confier que « décidément ça ne va pas très bien » et surtout à l'égard de mes compagnons de misère que la fatigue, les douleurs auront rendus grincheux.

J'en conserverai tout de même quelques-uns, de quoi attendrir ceux qui m'accueilleront dans l'au-delà.

Accessible à une certaine mélancolie

Je suis parvenu au milieu de ma vie. C'est dire que je ne suis pas encore d'un âge avancé. Néanmoins un certain nombre de personnes qui me furent chères ont disparu. L'une de mes conquêtes s'est suicidée. D'autres se sont égarées dans un début de dépression et n'ont point trouvé d'issue de secours. D'autres encore ont succombé à une maladie de plus en plus répandue.

Je ne me crois pas responsable de leurs malheurs ou de leur détresse. Elles devaient être d'une complexion assez faible pour rencontrer le mal. Je ne suis pas assez fat pour prétendre qu'elles connurent grâce à moi un peu de bonheur et de volupté. Un tel examen plutôt serein ne dissipe pas le sentiment que ma vie s'assombrit et que je poursuis mon chemin au milieu d'un cortège d'ombres. En riant à gorge déployée comme si rien n'était, en roulant à toute bombe sur une autoroute, en m'empressant d'ouvrir les portes d'une soirée de printemps, il me semble que je ferais preuve d'insensibilité et que je me déroberais à l'un de mes devoirs les plus précieux.

Ma tâche est maintenant autre et ne concerne plus tout à fait ce monde-ci : accompagner mes amies disparues par la mémoire, me souvenir de leur éclat, les remercier à nouveau de ce qu'elles m'offrirent – sans mélancolie excessive, accordant nos pas dans une valse silencieuse –, les protéger par une pénombre amicale. Je leur restituerai leur vingt ans, leur trente ans et je me joindrai à elles avec ce qui me reste d'adolescence.

J'ai le sentiment de lui donner la vie

L'ingratitude de la plupart des gens m'a toujours peiné. Vous avez sali votre chemise en dépannant un voisin et il hésite à vous donner du pain dont vous manquez ce jour-là. Il y a pire. Vous avez avancé une certaine somme d'argent à un ami. Au moment de la rembourser, il fait la sourde oreille et, loin de vous remercier, vous semblez lui arracher le cœur. Je ne parle pas des enfants auxquels vous vous sacrifiez et qui ne vous soulagent pas en mettant la table – ou de vos parents sur leurs vieux jours, quand ils grimacent sous prétexte que la soupe que vous leur servez au lit est trop chaude, pas assez chaude, pourquoi pas trop tiède. Un garçon pour lequel vous avez dressé la courte échelle quand il cherchait un emploi n'a de cesse de répandre sur votre compte des propos déplaisants.

C'est dire ma joie quand j'ai perçu de quelle manière Henriette me savait gré de mes attentions. Il ne s'agissait pas en l'occurrence d'un bouquet de fleurs ou d'une soirée au théâtre ou d'un week-end à Deauville. Ma seule présence la comble. Elle n'en souffle pas un mot et une telle pudeur me semble de bon aloi. Ses joues, ses yeux, ses épaules disent à quel point elle me remercie d'être auprès d'elle. Je me suis juré de ne pas troubler un bonheur d'une telle qualité. Je ne me croyais pas capable de dispenser autant de joie. Autrefois, je rendais seulement de menus services à mes semblables, et ils demeuraient aussi démunis, seuls à devoir inventer leur propre vie.

Je suis comme une femme qui vient d'accoucher de son enfant. J'ai le sentiment de lui donner la vie. Après une longue période de latence, elle naît, elle vient au monde. Alors au diable les cavales, les cavalcades, les aventures qui la troubleraient et la rejetteraient au bord du néant !

Au risque de m'exposer

Car j'ai pris un autre risque, celui d'aimer et de m'exposer. Ma propension à séduire, j'en ai aujourd'hui conscience, m'acheminait vers le médiocre, vers une certaine forme de lâcheté et d'absence au monde. Adolescent, puis adulte prudent, je me félicitais de ne pas souffrir. Je ne voulais pas savoir que l'existence n'est pas seulement bonheur, mais qu'elle est aussi douleur, affrontement. Je demeurais à distance des autres êtres dont l'étrangeté m'aurait effrayé. Il y avait de la froideur, de la réserve dans mes paroles et mes gestes les plus fous (et les plus exquis). J'accordais fort peu, des bouquets de fleurs, des bouquets de mots, quelques nuits, parfois quelques week-ends.

En toute lucidité, j'ai mis fin à cette dérobade. J'ai eu honte de ma parcimonie et de la menue monnaie que je distribuais avec des gestes de grand seigneur. Je me dis que je suis en mesure de souffrir si les circonstances l'exigent et qu'à me réserver, comme je le faisais autrefois, je passais à côté de la vie.

Et d'ailleurs, que redouter de si terrible si je ne revendique rien, si je ne présume rien de l'autre – sinon sa présence, laquelle, il est vrai, peut m'être refusée ! En toute simplicité, et sans nulle amertume, chacun de nous sera allé un peu plus loin vers lui-même. Quoi qu'il arrive, ma joie à exister aura été sans commune mesure avec mon ancienne façon élégante, distraite, de briller, de conquérir.

La tendresse n'est pas un moindre bien

Tendresse de l'enfance, de la féminité, de l'animal. Ce ne sont là que des images, mais elles nous aident à mieux saisir ce que nous attendons de la tendresse. Car l'enfant peut trépigner sous l'effet de la colère, refuser de prêter, de donner, prendre plaisir à saccager. Il est des femmes soumises à la volonté de réussir, quel qu'en soit le prix et qui ne ménagent pas leurs concurrents. L'animal, qu'il soit ou non carnivore, n'entend pas la plainte de ses victimes et il savoure la chair de celle qu'il déchiquette. Il n'empêche que par certains côtés, les uns et les autres nous permettent de donner sens et forme à ce que serait, pourrait être la tendresse. L'enfant à la peau douce, fragile, émouvante, à la vie menacée, mal protégée – mais n'est-ce pas s'égarer que d'associer la tendresse et la vulnérabilité ? La femme qui transmet la vie à un autre être, qui relève celui qui tombe, dont les gestes ignorent la brusquerie, la précipitation, dont le visage exprime la douceur, la commisération, la sérénité, dont le regard s'attarde sur le tout proche ou sur le lointain. L'animal qui bondit, enlace, jaillit sans perdre de sa grâce et qui vaque dans le monde comme dans une étendue accordée à ses mouvements – mais que vaut une telle innocence pour l'homme qui advient au monde après une déchirure originelle et qui ne fera jamais un avec l'univers ?

A ce compte, le végétal, si l'on oublie que lui aussi lutte pour persévérer dans son être et que par ses racines il fouine dangereusement dans le sol, constituerait une meilleure figure. Il accepte de croître lentement. Il lui arrive de mûrir sans à-coup. Il ne connaît pas les affres de la migration et de l'exil. Silencieusement il établit une connivence avec son milieu. La Terre, tout entière, en dehors de ses particularités, si nous l'appréhendons comme un être global, tout autant surnaturel que naturel, nous sera d'un bon office : elle ne demande rien, elle ne nous refuse jamais son appui. Elle nous rappelle que les fissures, les fragmentations, les déchirures n'affectent pas son unité catholique, indivisible.

De telles figurations sont d'un secours réel. Elles prêtent néanmoins au malentendu quand nous nous détournons de leur rôle métaphorique. Mieux vaut se tourner vers des œuvres par essence non figuratives et qui échappent à une interprétation littérale. Une peinture comme celle de Matisse, une musique comme celle de Schubert, une poésie comme celle de Rilke nous réassurent que la tendresse existe même si nous ne l'avons jamais rencontrée durant notre existence – précieuse, insistante dans sa discrétion au point de nous émouvoir et de tirer d'un cœur sec des larmes de joie, de reconnaissance.

Je distinguerais volontiers des êtres tendres par destination et des hommes qui accèdent à la tendresse à la suite d'un événement, par exemple d'une rencontre. Les premiers n'ont pas eu à la choisir. Ils seraient choqués par des manières rudes. Il leur faudrait déployer un effort sans pareil pour les adopter temporairement. Les seconds ne sont pas dépourvus d'humanité, mais ils empoignent l'existence sans façon et certains d'entre eux ont pour idéal de réussir à tout prix, se méfiant en conséquence de ce qui nous rend fragiles, à l'instar de la tendresse. Pourquoi ont-ils choisi un tel modèle ? Parce que la perfection (en l'occurrence la virilité) se reconnaît à une entière maîtrise de soi. Ils auraient honte de compatir, de pleurer et même de rire. Car rire, n'est-ce pas tressaillir, se laisser parcourir par des ondes musculaires dont on ignore l'origine et dont on ne sait pas quand elles prendront fin ?

Il est vrai que j'ai fait la part belle à cet homme qui en toute lucidité fuit la tendresse. D'autres sont naturellement brusques, ignorants de la présence d'autrui comme certains sont rouquins ou larges d'épaules. Peu importe qu'il s'agisse d'un modèle social, familial inaperçu puisqu'il est devenu leurs gestes, leurs façons d'user du langage. Leurs yeux impassibles projettent des sortes de missiles dont il convient de se garder. Leurs lèvres ne savent qu'ordonner et non point supplier, interroger, moduler une caresse. Ils justifient ainsi leurs choix : « Les plus forts sont les meilleurs. Les gentils sont des imbéciles que nous larguerons. La société est une jungle dans laquelle tous les coups sont permis. »

Quelques-uns, les moins indélicats, échappent, grâce à l'amour, à un destin aussi sinistre. Ils ne peuvent pas ne pas s'émerveiller d'avoir rencontré un être d'une telle qualité et si peu soucieux de se protéger. A leur tour, ils baissent les armes. Ils acceptent d'être vulnérables et d'ailleurs ils le sont devenus. Ils prononcent un acte de confiance : « Tu n'abuseras pas de m'apercevoir à ta merci. Tu ne me mépriseras pas parce que je t'ai exposé mes zones d'ombres, les défauts de ma cuirasse. » Davantage, ils sont ravis de découvrir en eux une chair aussi tendre – celle de l'enfant que peut-être ils n'ont jamais été, du mendiant qui avance pieds nus et sans avoir honte de sa misère, devenus au contraire confus d'avoir été si puissants et d'avoir abusé de leur puissance.

J'admire une telle conversion quand elle se produit. D'autres étaient destinés à la tendresse. Ceux-là ont échappé miraculeusement à la dureté à laquelle ils étaient promis. Ils ont ôté la lourde cuirasse, ils ont exposé leur poitrine, ils ont ouvert leurs mains en signe de paix. Ils répètent après saint Paul : « Quand je me crois faible, je suis fort. Quand je me crois fort, je suis faible. »

Tous ne sont pas sauvés. Il suffit de peu de chose pour que certains reviennent à leur vie antérieure. Parfois effrayés d'avoir découvert en eux une part fragile, ils éprouvent le besoin de la recouvrir et de la cacher aux autres. Parfois, la personne en qui ils eurent une entière confiance se joua de leurs points de faiblesses et ils eurent le sentiment d'avoir conclu un marché de dupe.

Il me semble que la plupart d'entre nous cèdent à l'endurcissement comme à une forme de fatalité. Nous recevons des coups, nous en donnons. Pour nous protéger, nous participons à la mêlée générale. Au-delà de tels incidents de parcours, c'est la vie elle-même, quand elle se prolonge, qui aurait pour effet d'endurcir nos âmes tout de même qu'elle a endurci notre peau. Nul d'entre nous n'est en cause. Un cal s'est formé insensiblement et nous ne saurions revenir à la douceur originelle. Nous nous sommes habitués. Le geste accompli machinalement a pris la place d'un authentique élan. Notre regard a perdu de son innocence, de sa fraîcheur. Nous n'avons d'autre issue que de nous présenter frippés le plus honorablement possible.

Chez certains couples, la relation amoureuse a pris la forme d'une tendresse partagée. Tous deux se sont aperçus peu à peu qu'ils n'étaient plus vraiment des amants. La disparition de leurs premières années de folie, ils peuvent l'accepter au nom de l'usure du temps et de leur nouveau statut. Ils ne sont plus des clandestins destinés à se rencontrer dans l'angoisse, dans l'ombre et le secret. Ils ne sont plus en quête d'une absolue fusion qui exigerait l'exclusion de tous leurs semblables et qui, si elle était sincère, les conduirait à un suicide commun. Alors ils gaspillent de-ci de-là des miettes de bonheur, au lieu de réclamer l'impossible (toi seul, sinon rien). Ils ne se laissent plus autant saisir par la détresse lorsque l'autre s'absente et vient à leur manquer. Ils ont appris à diviser leur affection : une part pour les amis, une autre pour les enfants, les parents, et pourquoi pas pour leurs voisins : malgré ce partage, l'empire de la tendresse demeure immense.

Néanmoins, à certains instants ils doutent, ils se demandent s'ils n'ont pas capitulé et rejoint la cohorte des gens médiocres et heureux dont ils avaient horreur. Ils accordent peut-être trop de temps et d'importance à ce qui n'en a pas : à équilibrer leur budget, à arbitrer entre plusieurs types de dépenses, à programmer leurs vacances et celles de leurs enfants. Ils visitent attentivement les magasins de meubles, les géants du cuir et de la chaussure et, pourquoi pas, les supermarchés du bricolage. Ils patientent devant le bureau de leur chef de qui ils espèrent, après une longue discussion, une augmentation de salaire.

Sans véritable regret, ils acceptent l'infléchissement d'un parcours qui n'est pas sans agrément et sans gloire. Si on leur disait que l'amitié a remplacé chez eux l'amour, ils ne protesteraient pas. Un ami, on lui veut du bien, quitte à sacrifier son propre intérêt. De lui, on attend avant tout une présence, une pure présence en dehors de tout désir, de toute gratification réelle ou symbolique. Il suffit qu'il soit à vos côtés. Nul besoin de lui sauter au cou et de l'enlacer pour s'assurer de la douceur ineffable de sa proximité. Il sera là en cas de sérieux problème. On ne redoute pas qu'il vous abandonne, à la pensée que sa flamme s'est éteinte ou qu'il a entrepris une autre passion. Nous l'entendons respirer, déjeuner, enfiler un vêtement, maugréer et nous voilà dans une sérénité que rien ne troublera. Durant la « passion », il nous fallait des signes forts, des événements, des surprises incessantes pour qu'elle perdure. Devenus sourds, il fallait que ces signes soient bruyants. A demi aveugles (aveuglés par la passion), nous attendions que la lumière gicle, qu'elle embrase notre chambre d'amants. Avec la sagesse, loin d'avoir perdu l'usage de nos sens, ceux-ci ont gagné en finesse et perçoivent le presque rien, le je-ne-sais-quoi qui, ainsi appréhendé, nous fait entendre, sans risque de nous tromper, que ce matin-là notre ami de cœur cède à la mélancolie ou débute en fanfare.

Plus tard, avec l'âge la tendresse prend une allure plus pathétique. Elle proteste contre l'imminence d'une séparation radicale. Ce visage, cette manière d'ouvrir la porte lui sont d'autant plus précieux qu'un jour prochain ils lui seront refusés. S'infuser lentement de ce visage pour qu'il se mêle, quoi qu'il arrive, à notre chair et qu'il survive à un accident et qu'il nous prodigue un peu de sa chaleur. Il ne pourra pas s'évanouir tant qu'un regard aimant le portera à l'existence. Autrefois, avec devant soi un avenir immense, il était possible de gâcher quelques heures, une semaine entière. Au moment de la réconciliation, le bonheur nous serait restitué au centuple. Agir avec trop de précaution, ç'aurait été laisser entendre que nous redoutions la fin de l'aventure, que nous n'étions pas sûrs de nos sentiments. Maintenant, il faut faire en sorte de ne pas rompre un équilibre précaire. Déplacer un fauteuil, heurter une porte par maladresse, modifier par plaisanterie une phrase rituelle, ce serait introduire le branle-bas et qui sait si tout rentrerait à nouveau dans l'ordre.

Au fil des ans, l'autre a gagné en mystère. Il existe, mais qui est-il, si je ne le réduis pas à quelques manies, à quelques traits de caractère ? Autrefois, dans la naïveté des commencements, j'ai cru le comprendre et le comprendre mieux que les autres. Puis, à mesure que je me montrais attentif à sa personne, il m'est apparu indéchiffrable, énigmatique dans sa profondeur. Alors, je demeure au seuil de son être par respect et pour qu'il sauvegarde en lui une part de sacré. Je mesure mes paroles. Mon regard n'insiste pas et surtout ne le scrute pas.

Si nous nous retournons sur notre passé commun, nous nous apercevons qu'il ne fut pas aussi clair que nous l'avons cru. Si nous découvrions une totale transparence, celle-ci m'avertirait que nous vécûmes ensemble à la surface de nos existences. J'ai honte d'avoir été autrefois aussi direct, d'une candeur sans rapport avec une authentique naïveté. Direct, c'est ainsi qu'un boxeur tente d'envoyer au tapis son adversaire. De telles manières ont leur place sur un ring mais non point dans la chambre des vieux amants. C'est pourquoi, la volonté aujourd'hui répandue de tout se dire, de tout déballer, m'irrite et elle me semble propre à gâcher une relation respectueuse, aimante.

Les années vécues ensemble ne sont pas d'abord un gage de solidité, une source de souvenirs communs à partager ou plutôt elles m'apparaissent comme un mystère que nous n'avons pas à éclaircir. Quoi, nos deux existences, par principe distinctes, ont pu s'enchevêtrer à ce point et produire un unique tissu où l'on ne sait plus ce qui revint à l'initiative de l'un ou de l'autre ? Nous recommençons ensemble le texte, non point pour évoquer les beaux jours disparus, mais parce qu'il nous appartient à tous deux de les réinstaurer, de les soustraire à l'arrogance assassine du temps. Notre vocation, notre mission est désormais d'en témoigner, de les maintenir à l'être, tout comme certaines personnes disent chaque jour la messe, tout comme un flâneur amoureux de sa petite ville parcourt chaque matin une rue qu'il connaît par cœur. Ils ne radotent pas quand ils rappellent les mêmes souvenirs. Ils maintiennent à l'existence ce qui fut leur bonheur et leur honneur à l'encontre des vents et marées et autres turbulences politiques, sociales, économiques, physiologiques. Si l'un d'entre eux disparaît, le survivant se trouvera démuni du coadjuteur qui lui permettait d'entreprendre sa messe quotidienne. Il en mourra ou, héroïquement, assis sur un fauteuil ou allongé sur son lit, il égrénera des bouts de souvenirs qui composeront une étoffe effilochée.

Toutes les personnes âgées ne profitent pas d'une telle sagesse, d'une telle aimance. Certaines d'entre elles s'endurcissent avec l'âge et les raisons ne manquent pas pour justifier une conduite moins attentive à l'autre. Ronchonner, maugréer, voire insulter, c'est exister encore. Les larmes se sont taries et elles n'ont plus de quoi s'apitoyer. Elles estiment qu'elles ne méritaient pas un tel destin. La fatigue, la douleur suscitent des pensées moroses et peu charitables. L'une d'entre elles, à laquelle je rendais visite, exprimait une grâce quasi végétale, une fluidité humide qui démentaient la brusquerie de ses gestes et la pauvreté de son langage. Affaissée sur son fauteuil roulant, elle se redressait à peine ; par l'effet de la lumière de son regard, elle reprenait vie et elle nous donnait l'illusion de danser encore dans le noir. La tendresse chez certaines personnes est consubstantielle à leur être et, quoi qu'il leur arrive, ne disparaît pas tout à fait.

***

La tendresse, un recours contre la trahison, les déceptions, la mort d'un ami, le vieillissement ? Ne lui en demandez pas trop. Mais enfin, face à la difficulté d'être, les aides sont les bienvenues. Tirons au clair ce qui excède ses pouvoirs. Que peut-elle face à la haine ? Et, en un sens, n'est-elle pas moins gratifiante que la haine ? Celle-ci a, peut-on dire, la chance de connaître la source de tous les maux qu'elle endure et donc de se mobiliser en bon ordre face à l'ennemi. Quand elle est dotée d'ubiquité, c'est le monde tout entier qui se découvre odieux. En un sens, elle est plus dynamogénique que la tendresse, laquelle dans son souci d'accueillir, attend souvent la bonne étoile, la noble dame. Un soleil bienveillant ou un firmament étoilé. Aux yeux du haineux, il ne suffit pas de demeurer sur ses gardes, il faut traquer l'ennemi là où il se tapit, incendier les domaines où il habite, où il a autrefois dit-on séjourné, obturer les grottes où il a peut-être trouvé refuge, mettre à mort une postérité menaçante. La haine assure au parcours d'un être de la continuité. La permanence, le noyau dur de l'objet (l'odieux) amène la cohésion et l'identité de celui qui se trouve dans l'obligation de lui faire face.

La tendresse ignore une telle cohérence. Elle se soucie de ce qui fait bondir son cœur, puis elle le rêve ou elle rêve à autre chose, ou elle se contente de vivre, car elle n'a pas à prouver qu'elle est tendre, que le monde est aimable, alors que le haineux ne cesse de haïr. Quand il boit, quand il dort, quand il s'allonge, quand il se réveille en sursaut, quand il entend une conversation qui ne lui était pas destinée, au bord de l'océan, tandis que les baigneurs, ses semblables, écoutent la voix tumultueuse du Père Océan et qu'une musique légère lui parvient d'un casino de plage, au contraire, le haineux dilate sa haine en pensées sombres, en images sanglantes, en imprécations et menaces, et demandes de reddition inconditionnelle. On peut oublier de se conduire avec tendresse, écorcher un nom, dissiper une bonne intention, négliger un sourire, peut-être meurtrir par négligence. La haine ne connaît pas ces suspicions, ces oublis. C'est pourquoi les âmes fortes et sombres trouveront en elle des gratifications sans mélange et sans retenue. L'homme tendre sera hésitant, écartelé quand il lui faut choisir entre des visages, des paysages également aimables et dignes de retenir son attention. La haine se soustrait à ces conflits de plaisirs (de devoir). Elle n'hésite pas au moment de frapper contre tel ou tel homme qui lui apparaît comme une émanation du mal.

La tendresse peut-elle espérer désarmer la haine ? Le bonheur, la bienveillance de l'homme tendre ne peut qu'exaspérer le haineux. Quoi, il se permet de vivre dans la certitude, alors que le monde va si mal ! Au nom de quoi tant de lumière d'un côté et tant d'amertume pour lui ? Le bonheur des autres peut être insupportable. Sauf bêtise et aveuglement, il faut croire que les gens de cette sorte sont les complices du mal. Donc la présence, la seule présence discrète de la tendresse ne saurait infléchir les tourments du haineux, d'autant plus que chacun de ses actes, même les plus purs, peuvent apparaître comme les signes trompeurs d'une machination diabolique.

En revanche, l'être tendre se trouve, en quelque sorte, réveillé d'un songe édénique. L'harmonie dans laquelle il se complaisait n'est pas aussi entière qu'il l'avait pressenti par sa propre expérience. Quelques points noirs, quelques desseins criminels, et surtout la tentation de la damnation chez quelques êtres ne suffisent-ils pas à ternir tout le paysage ? Des sources innombrables d'émerveillement font-elles encore entendre leurs cascades de rire ?

⁂

La générosité n'est-elle pas préférable à la tendresse pour autant que nous puissions comparer nos différentes manières d'user de la vie et de préférer l'une d'entre elles ? Elle présuppose une certaine prise de conscience. Je la pratique en connaissance de cause. J'estime que mes semblables possèdent une liberté qui mérite considération et, de mon côté, j'ai assez de pouvoir pour leur venir en aide. Elle se manifeste à travers les élans d'une conduite positive. La tendresse, au contraire, nous apparaît comme une manière d'être et de sentir. Même si elle nous incline à prendre le parti de tous les hommes, l'agir advient de surcroît, et non par l'effet d'un choix originel. Elle nous demande d'abord de ne pas nuire et, comme toute action suscite quelques dégâts collatéraux, elle serait disposée à seulement s'émerveiller, à entreprendre un dialogue émouvant de douceur plutôt qu'à s'engager. J'ai pu évoquer la tendresse du végétal, de la peau d'un jeune enfant, cette expérience quasi esthétique relèverait de la contemplation. En revanche, je n'oserais pas parler de la générosité d'une plante sinon pour laisser entendre qu'elle croît dans l'exubérance.

En conséquence, il existerait – mais cette opposition me semble trop tranchée – deux manières d'aimer : l'une plus fougueuse, plus intrépide, capable de se projeter selon le court et le long terme, l'autre plus réservée, d'essence contemplative, tirant son bonheur de petits riens, de légers signes.

Nous préférons qu'elles fassent alliance. La seconde ne peut pas demeurer tout à fait sur sa réserve et ne pas donner un coup de pouce au destin. Quant à la générosité, livrée à elle-même, elle risque, si j'ose dire, de se fourvoyer dans l'excellence et l'exploit.

La tendresse quand elle évoque une manière de sentir, une peau délicate, une âme douce au toucher nous fait redouter une certaine fragilité et de la passivité. Un être aussi sensible est en danger puisqu'il se laisse affecter par ce que nous sentons à peine. Pour survivre, ne faut-il pas choisir, exclure, à la façon d'un être attentif et qui se dérobe à tout ce qui ne le préoccupe pas dans l'instant ? Mais elle est aussi un acte, une façon d'aller au monde, en quoi elle manifeste de l'initiative. Pour effleurer à bon escient, il faut plus de vigilance que pour agripper à l'aveugle. Elle se situe donc du côté de la diligence et non de la mollesse.

La tendresse et la douceur éprouvent la même antipathie à l'égard de la brutalité, de la brusquerie des êtres arrogants, du recours à la violence. Sur un mode plus positif, toutes deux cherchent à ne pas nuire à un humain ou à un animal ou à une espèce végétale. Elles entendent ne pas troubler leur silence quand ces êtres ont su l'instiller autour d'eux. Je crois percevoir dans la tendresse plus de fermeté, une sympathie plus affirmée, une prévenance exceptionnelle venue d'un génie du cœur préservé et aussi, un destin plus pathétique, plus menaçant.

Il manque à la tendresse un terme antagoniste. La douceur peut s'affirmer à l'encontre de la dureté, la sensibilité fait face à l'insensibilité, la légèreté à la pesanteur. Cette absence d'un double inversé ne m'inquiète pas. Il lui suffit donc d'être elle-même et quand elle faiblit, elle rencontre des réalités si éloignées d'elle, comme la haine, que nul compromis n'est possible.

Les êtres tendres ne constituent pas des figures éminentes comme le héros, le saint, le sage. Ils auraient pu cependant me servir de modèle et inspirer ma conduite : ne pas bousculer autrui, agir avec plus de prévenance, ne pas rompre le pacte d'amitié qui me lie avec les autres vivants, me laisser affecter par le monde, même s'il risque de me blesser.

Très souvent, nous tournons le dos à la tendresse à mesure que nous en finissons au plus vite avec notre enfance. Nous aspirons à vivre une grande passion. En fait, un passionné authentique trouve son bonheur et le sens de sa vie dans un seul être. On peut être choqué qu'il accorde un tel privilège et à une seule personne et qu'il en exclue toutes les autres. En outre, n'est-il pas imprudent de faire dépendre son destin d'une seule personne ? Il est vrai qu'aujourd'hui nos semblables se réservent le droit de traverser des passions successives. Mais une passion que l'on prend ou que l'on dépose à loisir comme dans une consigne à bagages n'a plus grand rapport avec la sublime folie de ce que nous entendions ou avions cru observer dans la passion.

La tendresse apparaît plus équitable. Nul ne sera oublié, chacun de nous percevra les effets de sa bienveillance. Elle touchera les uns au museau, les autres au front et d'autres encore au cœur. Peu lui importe qu'on la refuse, qu'on rie d'elle. Elle sait qu'elle rencontrera toujours des individus qui s'ouvriront à elle avec reconnaissance. Mais une telle libéralité ne conduit-elle pas aux gaspillages ? Tandis qu'elle offre son visage à l'un, ne présente-t-elle pas une main distraite à l'autre ? Elle présumerait de ses forces. Une fois tarie, elle se dispenserait au goutte à goutte. Ce ne serait pas de la parcimonie de sa part, mais assèchement, appauvrissement et la plus belle fille du monde ne peut donner que ce qu'elle a.

Une telle crainte est un peu sotte. Nous mesurons ce qui relève de l'incommensurable, ce qui en se dépouillant s'enrichit. Il est vrai qu'elle peut feindre l'équité, une justice en quelque sorte distributive parce qu'elle ne veut pas risquer le tout pour le tout dans une unique expérience.

Et l'amour dans tout cela !

La tendresse, celle d'un homme fondamentalement tendre, nous évitera de nous égarer lorsque l'amour ou l'amitié nous font entendre une parole malencontreuse. Certes, ce sont là des sentiments qui nous portent à la générosité et nous voudrions alors que notre bonheur s'étende à nos semblables. Il n'empêche qu'ils sont exclusifs (je parle alors d'amis et non de copains), c'est-à-dire qu'ils sont tentés d'exclure, ou pour le moins de se montrer indifférents aux autres. Lorsqu'un couple se suffit à lui-même, il admet son entourage d'une manière occasionnelle. Si telle ou telle personne s'impose à nous outre mesure, elle apparaît comme une intruse. Ne parlant pas la même langue que la nôtre (celle que nous avons inventée l'un par l'autre), elle prononce à nos yeux des borborygmes insensés, inintéressants. Elle nous vole une partie de notre intimité et nous rejette dans l'espace public. Ce n'est donc pas basse jalousie mais une suffisance qui émerveille les jeunes amants pour lesquels les autres constituent seulement un agréable intermède.

Une authentique amitié peut raisonner dans les mêmes termes : « Je manquais de cet ami-là. De toi, bel inconnu, je ne manque pas. Malgré toute la valeur que je veux bien t'attribuer, tu n'as pas ta place dans cette relation d'incomplétude mutuelle et tu n'existes pas pour moi au sens fort du mot exister. » Ce n'est là qu'une occurrence fâcheuse. Mais nul n'est à l'abri d'une telle conduite qui n'est pas l'effet d'une nature médiocre mais le produit d'une relation forte au point d'être exclusive.

Un être tendre cédera moins fréquemment à un tel isolationnisme. Il est ouvert au monde, aux étoiles, aux enfants, aux figures délicates et aux visages disgraciés, au déroulé de certaines autoroutes et aux chemins qui ne mènent nulle part. Tout ce qui l'atteignait autrefois ne peut pas perdre son charme et se dérober à lui insidieusement. Ne se détournant pas de l'Autre (le monde), il ne peut pas le traiter avec indifférence, il ne peut pas ne pas entendre ses appels et ce sont parfois des invites gracieuses et parfois des appels au secours. En outre, il prend plaisir à caresser, à promener son regard sur les choses, sur les hommes, à les moquer, à les réveiller, à les laisser reposer dans la paix des braves ou des innocents. Il n'a pas pour autant le sentiment de trahir son ami ou de se dissiper au lieu de se rassembler. Il établit une sorte de hiérarchie difficile à respecter où, en chaque circonstance, de l'infini, de l'infiniment louable lui apparaît. De son ami, il reçoit tellement qu'il ne lui chipotera pas un moment de distraction. Je devrais me montrer moins inquiet. S'ils n'étaient pas tendres, ils le seront devenus. Mais l'amour, même l'amour, ne fait pas toujours des miracles.

⁂

Dès notre enfance, nous associons la caresse à la tendresse. Plus tard, nous nous souviendrons de quelle façon notre mère nous cajolait, nous mordillait, faisait mine de nous frapper et comment nous nous frottions contre elle et la couvrions de baisers. C'est que caresser, c'est ne pas empoigner, préférer le féminin au masculin, la douceur à la violence, le pacte d'amitié à l'épreuve de force, la confusion à la distance. Et la peau fragile, sensible, éphémère suscite la caresse. Tant que nous avons considéré la peau comme une surface, comme une simple enveloppe, elle a joué un rôle mineur. Elle était une surface à laquelle manquait une troisième dimension, en l'occurrence essentielle, celle de la profondeur. Elle dévoilait mais elle masquait. Elle frissonnait mais ses frissons n'engageaient pas le plus secret de notre être. Sa diversité lui venait des membres auxquels elle adhérait et non de son propre principe. La science a confirmé ce que l'amour et l'esthétique nous laissaient entendre : une forme n'est jamais inessentielle. Elle n'est pas une opération quasi inutile mais un aboutissement. Il est vrai que l'on peut regretter un attachement esthétique aux formes dont la beauté, le grain vont parfois de pair avec la laideur morale, avec une vacuité métaphysique.

Il se trouve que la peau ne se confine pas dans une neutralité bienveillante. Elle vibre en relation avec un dedans et un dehors – un dedans, une chair, un organisme en mouvement, un élan vital, une aventure spirituelle – et un dehors bruyant, désordonné, polyphonique qui se réfléchit sur elle avant de se métamorphoser à son contact. Elle nous apparaît moins menaçante que notre dedans, celui de nos entrailles qui, libérées de cette enveloppe, n'ont pas belle allure. Elle frémit mais elle ne gargouille pas, elle ne se répand pas, elle ne tripatouille pas dans d'immondes opérations nécessaires à notre survie. Quant au dehors, si elle n'en a pas l'envergure, l'immensité, elle se garde de l'absorber dans une gloutonnerie insensée. Elle se réapproprie beaucoup plus que l'œil, l'oreille qui demeurent des organes figuratifs. Elle compose avec ses écarts et les ordonne en une symphonie digne de notre destinée.

La peau, une réalité non point inerte, homogène mais infiniment mobile, pourvue de récepteurs, d'analyseurs, de lignes de résistance, de points d'accueil, de couches sédimentées dont j'ai appris, grâce à la biologie, l'existence et j'avoue que leur diversité innombrable me donna le vertige et que je me hâtai d'en oublier la réalité.

La caresse joue habilement avec les formes et elle les refaçonne. Elle prend une part active à cet entremêlement d'un dedans et d'un dehors. Elle éveille, parfois elle inquiète, elle interroge ses innombrables points d'accueil et cela par l'effet d'une main qui, elle aussi, possède le privilège d'une nature double : sentant et sensible, susceptible de prendre l'initiative et modifiée par cette même initiative.

La tendresse ne s'exprime pas uniquement et même essentiellement par la caresse. Il lui arrive d'être plus immatérielle, tirant sa force des signes qu'elle adresse beaucoup plus que d'une initiative matérielle. Ainsi, le regard parce qu'il manque d'une pression d'ordre sensible emprunte une voie quasi surnaturelle. C'est ainsi que nous le posons pieusement sur le visage d'un agonisant. Et voilà qu'à leur tour, les mains se chargent de cette mission sublime. Il nous tend la main. Nous la prenons dans la nôtre, l'accompagnant dans ses derniers instants. Un ami a perdu son enfant. Il titube plus qu'il n'avance. Des paroles de compassion lui apparaîtraient dérisoires. Nous posons notre main sur son épaule, solidaire pendant quelques secondes de son malheur, sachant que ce témoignage d'amitié est bien léger mais que, dans un tel naufrage, il ne se croira pas abandonné de tous.

Deux êtres que l'on sépare pour les acheminer vers un camp de la mort esquissent l'un vers l'autre un sourire dans l'espoir que malgré leur détresse présente, un jour ils se rejoindront, et encore deux êtres, pour croire qu'ils sont destinés l'un à l'autre, n'ont pas besoin d'un grand tapage.

Par gros temps, lorsque le monde devient inhabitable, rébarbatif (barbare), peu aimable, il ne s'agit plus de le cajoler et de nous conduire comme si rien d'affreux ne s'y perpétuait. Nous l'esquivons et adressons des signes affectueux, fragiles, intermittents à ceux qui ont été pris dans la tempête. Nous acceptons de perdre l'usage voluptueux des sens, de perdre le bonheur de nous sentir si proches de l'Être. Mais ayant pris de la hauteur, nous avons la dignité de qui proteste contre plus fort que lui et refuse l'inacceptable. La tendresse ce n'est plus la douceur, mais le refus de la complaisance. Ce n'est plus un hymne de reconnaissance mais un cri de protestation et de solidarité.

Puis le monde redevient habitable, aimable et revient le temps des confluences heureuses.

⁂

Elle dessinait, elle dessinait outre mesure – si du moins l'action de dessiner a quelque chose à voir avec la mesure. Elle dessinait à tout bout de champs et aussi à tout bout de fleuves, de ponts, de forêts, de visages, de rues, de points d'embarquement, de ciels en train de s'évaser avant et pendant que l'orage éclate et dans un café, même si les habitués n'aimaient pas trop cela, et sur les quais encombrés des métros. Elle préférait la campagne où, solitaire, elle n'éveillait pas la curiosité de ses semblables. Elle emportait un jeu de couleurs et un petit chevalet. Elle reproduisait les formes, les couleurs d'un lieu avec application, mais sans mièvrerie.

Elle cessait par bonheur de dessiner au cours de la vie quotidienne. Il me semblait néanmoins qu'elle entreprenait encore des croquis mentaux tandis que je conversais avec elle. M'entendait-elle quand je parlais ? Elle répondait avec à-propos à l'une de mes interrogations. Mais elle était assez habile pour donner le change et ne pas se laisser détourner de sa tâche. Elle souriait quand on la complimentait et même lorsque j'avais prononcé une parole blessante à son égard. Était-elle niaise comme je l'ai parfois cru ou plutôt d'une douceur extrême que rien ne troublait ? Elle ne se prévalait pas d'un quelconque talent et elle se séparait sans peine de ses croquis. Elle ne se présentait pas comme une artiste, un artiste étant quelqu'un qui met l'art au-dessus de toute autre activité. Elle était seulement sensible à la manière dont la Terre se manifeste à nous. Elle ne cessait pas de s'en émerveiller et par un mouvement naturel de gratitude, elle s'en portait le témoin, arrachant à l'instant fugace son apparaître.

J'aurais dû être davantage sensible à pareille délicatesse. La plupart d'entre nous ne mesurent pas ce qui nous est accordé si libéralement. Or j'en conçus de l'irritation et je n'ai pas osé lui confier les raisons de ma mauvaise humeur. Je ne concevais pas qu'elle pût être à ce point disponible au monde et me porter un véritable attachement. Je n'étais pour elle qu'un infime moment de cette immense roue qui tournait superbement à travers les continents et les saisons.

Je me suis séparé d'elle sans scrupule. L'univers tel qu'il lui apparaissait était assez riche pour qu'elle m'oublie. Par la suite, un de mes amis m'apprit que notre séparation l'avait affectée et qu'elle avoisinait la mélancolie. A la suite de quoi, pour réparer l'irréparable, mon aveuglement, ma bêtise, j'ai voulu rendre justice à son témoignage en écrivant ces quelques pages élogieuses à l'égard de la tendresse.

Table

Cet ouvrage a été composé
et achevé d'imprimer
sur Roto-Page
par l'Imprimerie Floch à Mayenne
en août 2002.

N° d'impression : 54292.
Dépôt légal : août 2002.
Imprimé en France.